活出
人生"高级感"

Live with Great Dignity

曹缦兮——著

中国致公出版社
China Zhigong Press

年轻的时候不知山水为何物，那就去看；等老了的时候，把山水装在自己的心里。

趁年轻都看看吧，都试试吧，就像做选择题一样，只有选择多了，才能有所选择。

那件令自己快乐的事情，一定是自己的天赋所在。

见过万千的人，才更有勇气保持自己的底色，成为我们最想成为的人。

与其说诗意生活是一种生活方式，不如说是一种心态和一双发现美的眼睛。

我愿意在寒冬里，收集每一寸阳光，探向深处，以此为生，并有所作为。

感兴趣的事情就去做吧，不要害怕因为没有坚持而浪费了自己的时间和金钱。

自序：要让灵魂更饱满，活出人生“高级感”

2018 年 4 月我辞掉了一份月薪近两万的工作，下定决心成为一名自由职业者，过上一直以来自己向往的生活——远方和风、诗和美食。

当我早上慢悠悠地准备早餐的时候，不少同学和朋友早已经冲上了拥挤的地铁，他们在喘息之余发来“愤恨”的表情，跟我说：羡慕！

我欣然收下了他们羡慕的目光，因为我曾经也是这么羡慕别人的，幸好，现在我有权利选择自己的人生，知道了自己所爱，所要，并且终其一生。

我今年 22 岁，即将大学毕业，这四年来凭借着自己的努力，开了一个小公司，买了一套小房子，在慌乱不安、迷茫焦虑的毕业季，我显得有些不慌不忙。

刚上大学的时候我也不知道自己到底想要什么，想成为什么样的人，只是对一句话情有独钟，“没有梦想，何必远方。”就是这样在很浅很浅的意识里，我想要和别人不一样，想追求某种更好的人生。

但让我具体说一说我想要什么，我还真不知道，因为那时我看到的风景有限，认识的人不多，知道的事情也太少，自己仿若井底青蛙，而对一个井底青蛙来说，它最想要的只有头顶上的那片天空而已，它不知道外面的世界还有鲜花、走兽、流云、草地。

那个时候我虽然不知道我想要什么，但我清晰地知道自己要先做什么：我已经十八岁了，我要自己养活自己，不再向家里伸手要钱；我要竭尽全力地跳出这口井，到外面的世界去看看，把对那些感兴趣的事情都尝试一遍。

人生才刚刚起步，怎么能将自己囿于方寸之地。趁年轻都看看吧，都试试吧，就像做选择题一样，只有选择多了，才能有所选择。

我竞选班委，参加社团，完成学校里的工作后我还出校门做了很多事情，做过记者、解说、编辑、售货员、舞蹈老师、速录、摄影、策划、主持……我创了三次业，最后一次成功了。

身后的声音褒贬不一，大多数人对我的定义是折腾，是一事无成，是瞎忙。我承认一开始的时候是挺辛苦的，在教室里读书到深夜，在外出工作的时候淋成落汤鸡，做过无数无用功后在天台上号啕大哭。

我不止一次地想要放弃，码字码到一半的时候想放弃，工作被客户不断否定的时候想放弃。很多人都会问我不累吗，这么多事情做的过来吗？我特别想大声地告诉他们，真的很累，千头万绪，做不过来。

可是又不想停下来，客户不满意我就一遍遍更改直到他们满意，直到所有的客户都评价我“小曹的脾气真好”“小曹做事负责认真”，然后他们又会介绍更多的客户给我认识。渐渐地积累的经验多了，我也就不再胆怯，变得熟门熟路了。

面对每天忙不完的事情，总结出适合自己的时间管理体系，于是我有了喘息的机会，不再那么劳累。最重要的是，在这个漫长而又疲累的过程里，我终于知道自己想要的是什么，知道自己做什么的时候最快乐。那件令自己快乐的事情，一定是自己的天赋所在，我越来越相信自己，越来越勇敢。生活也柳暗花明了，路途也变得顺利明朗。

很多学弟学妹都跑来问我：学姐，你好厉害，还没毕业就赚这么多钱，我也想跟你一样成功。

我也会笑着跟他们解释，真正的成功一定不是和金钱挂钩的，所谓的成功是成为那个最想要的自己，从内里到外在，有饱满的灵魂和过有意义的人生。

就算最终的自己没能成为自己所期待的模样，也在拼搏的年岁里活出了属于自己人生的高级感。

现在的我更像是一名斜杠青年，做做策划，写写文章，跳跳舞，选择工作日的时候出门游玩，周末的时候叫朋友们来聚餐，每天仍然有很多小点子向外冒，从未放弃人生任何一种可能性，并不断地学习和向前。

这是我选择的人生，从事的事情足够自由，每一件事情也足够喜欢，而且虽然是斜杠青年，也从没想过对这些事情浅尝辄止，而是把它们作为可以终身从事的事业，专注而深情。

人生应该怎么过？这个问题从来都没有唯一答案。

而我一直觉得除了天生贫穷和天生富有的两种人生以外，还有第三种人生的存在，第三种人生是勇敢，是蜕变，是努力，是选择，是折戟沉沙，是破釜沉舟……

尝遍千万种生活，才能找到你真正热爱的生活；做了千万件事情，才知道什么是你想要的人生。

小的时候我们看不惯浑浑噩噩的大人，可是不知道什么时候我们成了自己曾经讨厌的那类人。生命的悲哀不是死亡，而是活着也不能有所尽兴。

所以，真的没有想过改变这一切吗？

现在苦一点，不会一生苦，相反这份苦会成为我们可以用来压箱底的东西，是由内而外的自信和底气，生命为美，有所始终。

目　录

Chapter 1　好运不会从天而降，敢拼才会赢

Chapter 2　有韧劲的人生，会让你越变越好

Chapter 3　你不是平庸，只是没发现自己的潜能

Chapter 5 你要相信，那些美好和缘分的存在

Chapter 1

好运
不会从天而降，敢拼才会赢

贫穷不可怕，可怕的是为懒惰找借口

高三那年，父亲公司破产，我第一次体会到金钱对于一个人、对于一个家庭来说是多么重要。父亲一夜之间失业了，只能同母亲一起在阴暗的地下室做一些加工的活儿，一天工作 11 个小时，工资却没多少。

父母从来没有在我面前提及这些，他们依旧每天去接我放学，为我做可口的饭菜，微笑着倾听我所有的喜怒哀乐。

可是每当深夜听见父母说的悄悄话，我都忍不住落泪，我已经不是一个小孩子，而就在那一瞬间里，仿若自己又成长了很多。

大学开学那天，父母一同送我来学校，舍友笑着打趣我："一看你就是被宠坏的小公主。"我冲她们笑笑，并未作答。

直到现在，她们也不知道，大一那年，我一个月的生活费都花不到 400 元钱。为了省钱，我每顿只点一份菜，一份米饭，只需要两块五；我一整年都未添置过新衣服，穿的都是从前的旧衣；第一次学生会聚餐，每个人需要交 60 元钱，我感觉到了自己囊中羞涩。

父母时不时地问我："钱够不够啊？再给你打点？"

"不用，不用，够了。"每一次我都这么说，因为我不希望我的大手大脚成为他们的负担。

贫困生每年都会有资助金，虽然它给了我很大的诱惑，但我却没去申请成为学校的贫困生。因为我觉得，我不可能永远这么贫穷下去，我有手有脚，并且已经成年，我可以养活自己。

于是，我开始打工，每个周末、每个寒暑假都不闲着。我在辅导班做过老师，在超市专柜卖过鞋子，在凛冽的寒风中发过传单。后来我渐渐知道，我不能只为了赚钱而赚钱，这样是在浪费我宝贵的青春。

我开始换工作，开始去报社实习，工资虽然不高，但可以增长很多的见识和经验；开始到展会上做解说员，锻炼自己的口才和人际交往能力；去一家艺术培训中心教小孩跳舞，教舞的过程可以提高自己的舞技；去做国际体育赛事服务，提高自己的英语口语能力……

大一一年，我从没看过电视剧，从没睡过懒觉，从没在晚上10点钟之前回过宿舍。我曾一个人在大雨中被淋得浑身湿透，曾在办公室忙了无数个通宵，没课也没工作的时候就一个人在图书馆读书，拿面包充饥。

那一年我只有18岁，常常在深夜里委屈地偷偷拭泪，也羡慕那些永远都含着金汤匙的同龄人。可庆幸的是，我已经知晓了公平的含义，也深知我所有的努力都不会被辜负，所以，我不遗余力地去让自己进步，甘之如饴。

转机出现在大二。我同一家杂志社签了约，成为他们的签约作者，同时因为一直在从事学校的新媒体工作，所以找到了一份新媒体编辑的兼职，收入可观。我再也不用每天雨里来风里去了，终于可以自由安排自己的时间。

大二下学期，我自己付完学费后，银行卡里的钱还有很多，我开始每月给家里寄钱，生活再也不用捉襟见肘，通过努力，我过上了自己想要的诗意生活。

大三更像是开了挂一样，写一个策划最多可以拿到近万元，视频也是以万元计价的。不知道在哪个时刻，机会就像一直在等待的烟花一样，突然一下子绽放在天空，我的月收入轻松过万。

现在我已经大四了，开了自己的文化传媒公司，买了自己的小公寓。我用寥寥数语描述了我的大学四年，但是其中的滋味只有自己知道。

很多人羡慕我如今的生活，羡慕我可以公费去某某地方旅游了，羡慕我有钱可以到外面租房。那些拿着助学金的同学冷嘲热讽，说我生得好，说他们有弟弟有妹妹，家庭还没有收入来源。

我仍旧轻轻一笑，不去辩解，你们每天窝在宿舍嗑瓜子，看剧，看小说，连吃个饭都要叫外卖；你们每天嚷嚷自己又胖了，却仍旧每顿吃完就睡，从不运动；你们拿着国家助学金却从不努力学习……

而我用别人玩耍的时间，一直在马不停蹄地努力。也许，我的确生得好。我感谢我的父母，他们教会我，做人不能好逸恶劳，而是要勤劳勇敢。此刻的我，心怀感激，感激我生命里来来去去的许多人，也感激那个从未放弃朴素梦想的我。

现在我身边的很多同学还是认为我是个被父母宠坏的独生女，是个无比幸运的小公主。但只有我知道，我是自己的女王，一个不甘落后、不甘平庸，永远抬头挺胸的女王。

穷一些不可怕，但别为那个没有自制力的自己找借口，请相信，上天不会辜负每一个努力生活的人，你所期待的美好总有一天会如约而至。

学会在一路拒绝中长大

公交车窗外是一个有微风拂来的夏天末尾，已经临近黄昏，天空一点点暗下来，我坐在公交车上，收到了第五次拒稿信息，突然就哭了。

我一边哭着，一边给编辑发了一个可爱的表情，说没关系，我再继续写。

“希望不要太打击你。”编辑陆陆续续发来很多话安慰我，告诉我一定不要难过，也不要丧失信心，她看到了我的进步，如果继续打磨，继续投，总有机会通过的。

1

我是从初中开始向外投稿的，看到杂志上那些令人忍不住落泪的凄美故事，突然想给杂志投一些结局美好的故事，于是有了最初的青涩创作。

把文章编辑好之后，按照征稿要求发送到杂志社的邮箱里——杂志上一般都会留一个公共邮箱。那个时候我经常收不到回信，每一篇文章都像石沉大海，连一点波纹都瞧不见。

“我再也不写了，浪费我时间。”

“还是再写一篇吧，这一篇一定会过的。”

我在写与不写之间不断挣扎，大概在投了十几篇的时候，终于收到了第一封回信，对方告诉我初审已过。虽然只是个初审，却足以让我欢呼雀跃，仿佛云层炸裂，阳光须臾而落。

当我幻想着文字是如何被印出来的时候，对方又发来邮件了，大约是一个星期之后，告诉我终审没过。心情很失落，因为起初抱着太多的希望，不过，反过来想想，我的稿件也不算是石沉大海了，所以还是有进步的。

就这样，日子在希望与失望中不断交替，以至于稿件第一次通过时，我都不敢相信这是真的。我大概已经写了几十篇，没有任何门路，没加任何编辑，只是通过杂志上的公共邮箱锲而不舍地投稿，终于，也成功了。

2

但之后的写作之路并不算顺利，上天也并没有因为我通过了一篇稿子就格外厚待我，我当时的过稿率大概是百分之十，电脑里躺着许多废稿。

为了给这些废稿寻找属于它们的出路，我想过很多办法，比如把它们修改之后发送到不同的杂志，或者发送到网上一些文学网站，再不行就放到自己博客里。它们得到的一丁点儿展示就是我莫大的宽慰了。

后来不断有人问我：我很喜欢写作，但我投的稿件都得不到回复怎么办？一直不过稿怎么办？

他们的心情像极了最初写作的自己，这一刻我却只想告诉他们：哪有那么多怎么办！找找不足，继续写下去啊！

很多人都是这么过来的，石沉大海，杳无音信。不是海深，不是风远，而是自己写得不够出色，不够惊艳。

现在我通信录里的许多编辑，都是看着我一路这么过来的，他们常常回忆起多年前的那个小姑娘，写得确实不怎么好，但那股锲而不舍的劲儿，却让人动容。

“你当时为什么不给我回复啊？”后来我问一个编辑。

“哪有那么多时间？稿件太多了，光那些写得好的还回不完呢。”已经是朋友的编辑，对我直言不讳。

其实，每当我翻看之前的文字，也知道我那时的笔触太过稚嫩和不流畅。我情不自禁地笑笑，仿佛看到了多年前那个斗志昂扬的自己，横冲直撞。

3

转眼许多年过去了，起初带我的那些编辑有的已经离职或者换了岗位，起初投过稿的那些杂志也都开始转型，而唯一不变的，是我这颗不断被拒绝，却越挫越勇的心。

我想起当初应聘播音主持时，自认为朗读文章富有情感，但结果，评委说我声音力度不够，不适合做这一行，我很受打击；想起我为了自己的公司，到处去拉广告，觉得自己合作诚意十足，却被别人评价说这是一个没有前景的公司时的无助；想起很多人对我轻轻巧巧地说过“你不行”“你不适合”，殊不知这些话却重重地砸在我的心上……

可是能怎么办呢？我确实没有让别人信服的资本，又凭什么容不得他人真实的评价和拒绝？

拒绝这件事如果有味道的话，我猜应该是酸的，懊恼而遗憾。每个被拒绝的人像蹲在路旁不知所措的孩子，那些拒绝自己的人，话说得很随意，听到的人，却足够在心里留下烙印，就像柏油路上被碾压过的车痕。

可事实上，没有人能够真正地打击你，也没有人有那么大的能耐阻挡你的路，除非你自己丧失了信心，丧失了再次起程的勇气，谁能保证下一个路口不是花团锦簇呢？

我们每个人都是在一路拒绝中长大的。擦擦眼泪，继续做自己该做的事情吧。当自己足够好的时候，我们都会成为别人眼中的香饽饽。

二流的大学，也能过一流的人生

人的伟大之处可能就在于你永远都不知道自己的潜力有多大，也永远不知道自己到底能做到多么好。

所以那些优秀的人总是在不断地提升自己，在这种情况下，关于平台和机会就不再是阻挡自己的障碍了。

1

我数学不好，高中三年鲜少有及格的时候，除了高二那年遇到一位年轻的数学老师。她刚大学毕业，住在学校里，晚上如果没什么事就待在办公室，她常把我叫到办公室给我讲题，那一阵我感觉自己在数学方面是开了窍的，但高三换了老师后，成绩又一落千丈了。

我高考时数学都没及格，离“一本”录取线有四分之差，只好报了现在的大学。据说我们那年的数学并不难，我们班还有几个人接近满分。看着昔日一起奋斗的小伙伴去了“985”“211”大学，而我只上了“二本”院校，说心里没有落差，那是假的。

和我有同样心理的人不在少数，邻宿舍的某个同学高考时将历史答案抄错了位置，又重新申请备用试卷，导致文综试卷最终也没能答完，她说后面的大题一个都没有做。

她虽然人在这所大学里，但是心里却想着：我本不应该属于这里。

开学给我们上第一课的老师深知我们的心理，知道我们心有不甘，所以他给我们举了许多优秀学兄学姐的例子，告诉我们，二流的大学，也能有一流的人生。大学只是一个平台而已，那是决定自己人生的一个小小的因素，一个人最终会怎么样，还是要看自己的努力。

所以与其把时间用来失落，不如把时间用来拼搏。高考失利没有关系，最重要的是，以后的人生里不能因为高考失利而失利。

老师的话句句都说到了我的心坎里，所以没用几天，我便将自己的心态转变过来了，投入到一件又一件令自己感到新奇的事情中去，用积极的态度面对自己的大学，也不再羞于告诉别人自己大学的名字，更没有觉得低人一等。

2

从高中刚毕业，能够想到的努力，就是把全部的精力放在学习上，刚来大学没几天，我就急着到图书馆借书，结果被图书馆老师告知没有经过新生培训的新生不能借书。

我有些局促地站在门外，老师一脸不解地看着我："你这才刚来没几天，怎么这么着急来看书啊？"

我不记得我当时怎么说的了，但老师说这是她第一次见新生这么爱学的，就破例让我进去了，但只能当场看，不能借走。

我永远记得自己第一次走在图书馆一排排书架中的那份神圣而不可侵犯的心情，书似城墙，而我是保卫城堡的战士。

我看着一个个耳熟能详的出版社，还有一本本有着精美封面的书，又情不自禁地幻想要是以后自己出了书会是什么样子，我一定要抱着它去拍许多许多的照片。

后来，那位老师认识了我，如果碰到她值班，我们都会小声交谈几句。截至大二那年，我总共借了 132 本书，悉数看完。

3

欢迎新生的典礼上，老师还给我们讲过一件很有意思的事情。在我们的学校门口有一个大润发超市，有一次校外有个人问老师："你们学校的学生怎么这么不爱学习啊？动不动就三五成群地出来逛超市，这家超市挨着你们学校可算是沾光了。"

那个人的语气里透着一点贬义，但老师非但没生气，反而跟他笑着说："你为什么要守在超市门口呢？你怎么不到我们学校的湖边转转？而且你最好早晨早点儿起，看看湖边是什么情况。"

老师继续对他说：“我们学校在校生一共有三万多人，而你看到的只是一小部分逛超市的同学，但你换个时间换个地点就会看到我们那些学习的同学了。”

刚上大学的时候，我就曾和舍友相约一起早起背书，我们见过晨曦中的校园，树木将醒未醒，而虹子湖畔早已是琅琅的读书声，如果去晚了是抢不到湖边那些可以用来坐的石头的。是的，很多人都在努力。

4

后来我在大学里接触的事情多了起来，学习已经不再是生活的全部，知道了大学生活其实是可以提高其他方面的能力。于是，我开始参加各种各样的学生组织，跟着学兄学姐举办大大小小的活动。

在大家睡懒觉或者刷剧的时候，我可能正担任着某次活动的主持，或者正拿着宿管科的本子帮老师查违禁物品，甚至正在参与某次会议的讨论，一起拟订着某个方案……

那是一个让自己思维不断发散的过程，接触的事情多了，便更能发现自己的不足，清楚自己努力的方向。

就这样，在很长的一段时间里，我都是宿舍里起得最早，回去得最晚的那个。不知不觉中，练就了一身蹑手蹑脚走路以及摸黑洗脸梳头的本领。

最难忘的是冬天，因为怕吵到舍友睡觉，不得不跑到走廊上的公共区域洗脸。走廊上不供暖，洗脸时，水扑在脸上像针扎一样，冻得浑身一个激灵，但是想想自己一会儿要去做的活动，又会感到期待和兴奋，那份苦便不会觉得有什么了。

5

再后来，有机会从学校接触到社会，开始有一些实践和实习的机会，我待在校外的时间变长。我们学校在离市区比较远的地方，如果去市区来回差不多要五个小时，很多人都受不了这么长的车程，所以很少出去。

但我一有时间就往市里跑，早晨早起，晚上晚一点回来。有时因为工作，有时单纯去海边玩，校外的世界又是另一个不同于校园生活的世界。

刚开始的时候，我接触到那些已经步入社会多年的人，会惊讶于他们的睿智和成熟，也欣赏他们会说话的技巧，他们说的每一句话都会让对方心里觉得很舒服。我很佩服他们处理应急事件的能力。

有一次我去一家公司拍摄，正巧碰到他们的一个展出，当时在场的还有他们的合作伙伴，我和接待我的那位姐姐就站在旁边看了一会儿。场上似乎不怎么顺利，屏幕上的视频迟迟放不出，我看到台上讲演的那位哥哥眉头微蹙了一下，台下也开始窃窃私语，我跟那位姐姐小声地嘀咕了一声：“怎么办啊？”

但那位姐姐一脸镇静地说：“没事，他应该有备份的。”过了一会儿，果然他先开始讲演 PPT，然后 PPT 讲完的时候再换了一个设备放视频。

而关于那件事情的真相是，当时的 PPT 和视频都不是先前准备要讲的那一份，先前的那份不知道为什么成了无法识别文件，而如果叫技术部人员过来处理又会浪费很长时间。

所以那位哥哥只好临时调用了备份，而且本来要讲的那个人，正在处理另一件更为紧急的事情，听说是投诉和曝光什么。所以，那个哥哥也是被临时拉上去救场的，但是他的一言一行，丝毫都不会让人觉得他没有准备，好像他为这场讲演准备了千千万万遍。

台下的观众谁又能想到一场完美展出的背后，竟是这般错综复杂呢？但反观我的惊讶，我旁边的姐姐已经见怪不怪了，她说在职场里这样的事情太多了，有良好的应变能力是每一个职场人最基本的素质。

6

跟重点大学的学生比起来，我的资源不如他们多；跟青岛市区的同学比起来，因为距离的遥远，我不得不放弃许多好的工作机会，但是我的人生从来没有因为这些外在的东西而改变丝毫。

我总是尽可能地去抓住我能抓住的机会，尽可能地去做一些有意义的事情，我承认自己的野心不只是在学校里那么一点点进步。

而我只要想实现自己的目标，就一定会想方设法地去实现。二流的大学，一流的人生，你能走到哪里，能够走多远，永远都是自己给自己的定位。

不要让自己的履历成为一张白纸

1

我最害怕别人问我：你最近在忙什么？

我记得大三下学期的某节课，是学院书记给我们上。我照例坐在前排，下课后也没出教室，而是坐在原位看书。这时书记突然坐在我旁边的位子上，姿势很规整，侧过头看了几眼我手上的《正见》，突然问我最近在忙些什么，并且还叫了我的名字。我一边讶然书记竟然记得我名字，一边绞尽脑汁地想这个问题如何回答。

那段时间我在自学速录，每天拿出两个小时在特制的速录机器上敲敲打打，偶尔接一些录音文件将其转换成文字；我加入了一家初创公司，负责他们的宣传策划工作；还加入了一个拍网剧的剧组，我在做编辑的助理，平时有校稿工作；我还担任着公众号的小编和APP的常驻作者。

这就是我那段时间在忙的事情，就算我口才再好，我也不可能三言两语表达清楚，而且我猜还会遭到书记的质疑：你忙这么多东西，学业怎么办？忙得过来吗？毕竟我对待生活的方式不是每个人都能认同的，于是在内心经过激烈的斗争后，我只说了两个字："看书。"顺带指了指手上的书。

书记很欣慰地笑看，和我聊了聊他上学时代读书的事，然后上课铃就响了。

2

剩下的半节课我盯着教室前面的大屏幕有点心不在焉，我在想我刚刚的那一瞬间里，为什么那么怯懦而自卑，那些我喜欢的，让我感到快乐的事情却没有勇气向别人吐露分毫。我怕别人评价我三心二意，最终一定会一事无成；我怕别人说我炫耀，都是些小工作室，有什么了不起的；我还怕别人对我说，你这样太累了，你歇歇吧……

那时的我还是很注重别人的眼光，别人清清浅浅的一句话都可能给我造成很大的干扰，所以我很怕别人问我：你最近在忙什么？忙的事情太多，我不知道该如何回答了。

我有一个朋友也遇到了跟我一样的情况，她平时要上课，白天空闲时间到律师所整理资料，晚上要更新法律相关的公众号，要写论文和作业，还要进行小说创作。

她经常压力大到去小树林"减压"，却不敢跟身边的任何一个朋友说，她有多么忙，因为她身边的同学都不是这个样子的，他们轻松而无忧，回到寝室闲着没事就聊天和看剧。她害怕和别人不一样，害怕那些或夸奖或挖苦的说辞，所以她从来都向别人表现出一副很轻松的样子，就连她的男朋友，她也不想告诉他，自己有多么忙，因为她不想听到自己男朋友说：“你别这么忙了。”

只有在我面前，她会告诉我：“怎么办？事情多得做不完，我压力好大。”因为我会回她一句：“我也是。”

我们是一样的人。

3

我现在大四了，会有更多的人问我：你最近在忙什么？我忙的事情仍然很多。

我已经着手开了自己的公司，承接各种文案宣传工作，有长期合作的，也有按篇合作的，并且做着自媒体，发一些自己喜欢的内容。白天上课、学车，还有空闲就去摄影，而晚上安静的时候一般会选择工作和写小说。

但总算忙的事情有了一个大的趋向，我可以言简意赅地跟别人说自己在开公司，或者说在做广告策划方面的工作。如果对方感兴趣，我会详细地讲一讲。

现在这个问题变得没有那么可怕了，我的生活像一片夏日的叶子，也渐渐长成了一个大的脉络。当然，关于这片叶子的养分，我想离不开我之前忙碌的所有事情，它们虽然是各行各业，但其实都跟宣传策划有关系。我一直在换工作，但从未换过领域，它们都离不开我喜爱的文字和摄影，看似毫无联系，实则有一定的垂直度。

我的生活忙着忙着，好像就豁然开朗了。所以忙的事情多并不可怕，也不用担心自己什么都做不好，时间会自动帮你梳理清楚。

4

做了这么多事情，它们渐渐也成为我的优势。我记得到一些公司谈合作的时候，老板都会问及我的经历，或者问我：之前做过相关的工作吗？

那样的时刻，我终于不必躲躲藏藏，可以大大方方地讲我做过什么。我做过美食，做过医疗，做过婚礼策划，做过服装，做过方方面面，我曾经经历的那些都成为我了解一个行业最好的方式。

一个人的言谈举止是没有办法欺骗另一个人的，他们不需要我的简历，也不需要我的成绩和证书，他们只是跟我聊聊天，看我对他们的问题能答出多少，然后就能大致判断出我的能力。

我们的心要像一张白纸，洁净如初，不染尘埃，但我们的履历不能是一张白纸，我学姐的一个朋友是名牌大学毕业，大家都以为她会找到不错的工作，实际上她找到的工作并不如意。

她在找工作的时候，没有任何履历可以讲，在大学里没有参加过社团，没有实习，没有参与过社会实践，平时的时间都在睡觉、刷剧、逛街中度过了，以至于连成绩都平平，在简历的那张纸上写满了“无”字，最后没办法，她觉得自己的毕业论文写得不错，于是竟拿着毕业论文去找工作，当然那篇论文写得也并不好。

我问我的学姐：“那她后悔吗？”

“后悔也没办法呀。”学姐深深地看了我一眼，又继续对我说，“所以不要觉得现在忙一点有多么委屈，以后找工作的时候肯定会有用的。”

当时我和学姐并排站在教学区走廊的窗边，一时间谁都没有说话，我在偷偷憧憬着以后的世界。

5

听说与国内公司招聘不同的是，国外一些企业不喜欢求职者将自己的实践经历写得太多，他们觉得这样的人不够专心，不能够安心地做好一件事，他们更喜欢看到的是一个人从一而终，把一件事情做得很漂亮。

但是实际上，并不是每个人一开始就有明确的方向，就像走迷宫一样，我们必须面临许多个岔口和选择，只有真正走到无路可走的时候，可能才会恍然大悟，原来这条路是错的啊，然后返航重新出发。

但是无论我们走哪条路，总有一些走路的技巧是千篇一律的：怎样走最快，怎样走最能保持体力，怎样走最适合自己。所以一件事情只要去做，去迈出第一步了，就一定会有收获的。

而我们走过那么多的岔路，积累了那么多的实践经验，都是为了有一天遇到真正适合自己的事情时，不再手忙脚乱，到那个时候我们再将那件事情，从一而终地好好完成吧。

从此我们的履历不是一张白纸，而是一张值得珍藏的画作。

一个女孩到底该不该这么拼

从大一开始，我差不多创了五次业，领域有服装、摄影、美食、网站及农业。其中只有一次是成功的，但因为与合伙人的分歧，成功的那杯羹我并没有分到，很失望地离开了那个团队，也不想为自己争取什么，权当为自己买了一个教训。

大四，我开始了我的第六次创业，以独资的形式开了属于自己的文化传媒公司，想继续承接广告策划类的工作，并且制作一些短视频。

公司很年轻，并且经验不足，要想拉更多的客户只有不断降低我们的价格，给对方更多的服务，可是很多时候我们自以为拿出足够的热心和真诚，也并不一定能够达成合作。

有一次我跑到市南去谈合作，跟老板约了下午三点钟见面。为了让自己看起来成熟一点，我特意买了暗色系衣服和高跟鞋，因为没怎么穿过高跟鞋，走的路一长，整个人就开始有些不舒服。

趁着电梯里没人，我揉了揉发痛的脚踝，然后强忍着脚部的疼痛到达对方的公司，但刚到公司，就被他的秘书告知，老板还在开会。

“你先在这儿休息一会儿吧。”秘书把我安排到休息间，倒好温水，并且还拿出公司宣传册给我看。

我对公司的接待态度暗暗称赞，同时也对接下来的合作充满信心。但没想到我这一等就是两三个小时，下午快五点钟的时候，老板的会议才结束，等我进去跟老板再谈合作的时候，他已经很疲惫了，而等了两三个小时的我，状态也不怎么好。

我照着原定计划，向公司提出了几个我们先前准备好的关于宣传片的想法，却被对方回复说，觉得不够有新意，谈话不过半个小时多一点，而我却一直在被对方否定，最后对方一再压低价格，已经不在我们的承受范围之内，我只好起身说抱歉，等下次有机会再合作。

乘坐电梯下去的时候我忍不住要哭，觉得自己又白忙活了一场，从青岛城阳到市南，来回要五个小时，一天全都花费在坐车和等待上，明明给对方做了那么详细的策划，却被对方说否定就否定了。

从公司出来，天色已经开始发暗，已经是深秋时节，夜晚来得格外快，我把身上的外套裹了裹，快步向公交车站走去。等车的时候，我旁边站着一对年轻情侣，看起来是刚下班的样子，两个人正在讨论晚上看什么电视剧，男生似乎不喜欢女生说的都市剧，最后便来了句：“我还是打《王者荣耀》好了。”

女生一听，提高音调道："要不我也玩吧。"

"行啊，我们一起开黑……"他们的公交车来了，后面的谈话我没有听到，可是哪怕只有这么几句话，也让我有点不是滋味。

感觉他们的生活才是生活，可以看剧，可以发呆，可以玩游戏，而我做的很多努力总是在打水漂。这么想想，还不如直接不用这么努力。

想想身边的同学，看看路上的陌生人，我都会情不自禁地问自己：为什么要这么拼？我到底要什么？

还没等我想出所以然，公交车便来了，因为是下班时间，公交车上的人很多，我的鞋上不知道被别人踩了多少脚。而公交车走到一半时，车门竟然被人挤掉了，司机对我们说车不能继续开了，让我们先下车。

这么一折腾，已经七点多了，我被滞留在一个完全陌生的地方，失望委屈、疲惫无奈瞬间涌满了全身。

我给朋友发了一条微信，其实一个女孩最重要的还是结婚生子是不是？我干吗要像个男生一样这么拼呢？我说我可能要放弃了，我不想再这么累了。

那一刻，我已经不记得我为什么要开公司，为什么要选择一条与别人不同的路，是什么力量让我独自一个人走了这么远的路。我想起我这些年折腾的许多事，它们硬朗而疏离，却又像风一样与我亲近。

没等多久，朋友发来消息，他说："你就把我当成你的小孩，现在作为你的孩子，我要问你一个问题——妈妈，你年轻的时候有什么故事呢？"

我刚想回他一句：你有病啊？但在打到最后一个音节的时候，突然豁然开朗——是啊，我不想我以后的小孩问起我，妈妈，你的人生是什么样的？我只能回答他刷剧、打游戏这样的事情，那该是多么失败的妈妈。

如果我现在拼一点，那么有一天，我就可以跟孩子讲出很多的故事。我会讲妈妈策划过什么样的活动，主持过什么样的会议，接触过什么样的合作伙伴。我会告诉他我经历过好的事情，也经历过不好的事情。

我会对他讲，妈妈经历过什么样的困难和挫折，该如何静下心来好好想办法解决；人生中被朋友背叛、厌恶甚至憎恨是一种什么样的感觉，生死离别又是什么；我还曾经负债累累，当然也有过东山再起……

这一切的一切，都是用钱买不到的宝贵经验。而所谓的内心强大从来都不是一句空话，它是经历过许多事情后才真正磨砺出来的。

哪怕我年轻的时候有无数次想要放弃的念头，但等有一天回忆起来，却发现自己的人生充实而又饱满，那些别人都没有经历过的快乐和痛苦，我都一一经历过。

这个社会从来没有因为你是女孩就对你格外优待，同时，也没有因为你是女孩，就给你资源。我们每个人都只有一次人生，在这一点上永远都没有性别之分，我们走过的每一步，都是为了自己而走，而这些步伐从来都不是为了成功，而是为了不后悔。

关注内心，让自己变得更好

1

我在大学里参加过许多组织，有校官方组织，也有学生组织；有兴趣社团，也有管理委员会。这些组织或社团我有面试成功的，也有面试不成功的，成功的那些都如期地去开会，去参加活动。

大一大二可能是许多人最迷茫无措的时候，我也不例外，有时候参加完一个接一个的活动会禁不住问问自己，忙这么多做什么？可当时也有一个很明确的念头，忙总比闲着好吧。

那是一种怎样的情形呢？因为许多组织不想耽误我们的上课时间，所以都会把会议放在中午或者是晚上下课后。我因为参加的组织比较多，所以一个星期里有许多天都在开会，然后等我们空课的时间就私下里完成分配给各自的任务。

而等周末的时候，一般是我们举办活动的时候，可能我上午还在某个活动中担任主持人，下午就去采访老师了，而晚上还没来得及吃饭又要接着去布置下个活动的现场。

有时候碰到连续参加两场的同学观众，他们都会问我：“你怎么又在啊？”

我抿着嘴笑笑：“我这个活动也参加了。”

“你精力好旺盛，忙得过来吗？”

“还好还好。”

大一刚开始的时候，我就鲜少有待在宿舍的时刻，感觉整个心和整个人都在外面，每天接触各种各样的人，各种各样的事，当然也在其中学习到了很多，采访过许多出色的学兄学姐，也到校外参观过许多校友办的公司，知道怎样处理人际关系会更好，知道一场活动的流程是什么，学会怎么审批，也学习该如何管理一个团队。

我记得当时的自己也时常做错事，甚至在语言上也有许多不妥，然后学兄学姐都会脾气很好地跟我说：“你看这件事你如果这样做，是不是会更好？”我一直记得他们对自己的帮助和爱护，所以在下一级学弟学妹进来的时候，我也扮演了一个温柔学姐的形象，这在某种程度上就是一种传承。

2

忙碌的状态是我整个大学中最常见的状态，我常常累得回宿舍倒头就睡，但是天刚蒙蒙亮就起床。我觉得自己是一直都在跟时间赛跑的那个人，总是希望能在有限的时间里做无限的事情。

而我的这种生活状态常常会令其他人不解，他们不理解我为什么把自己搞得这么累，而且他们觉得，忙太多的话，最后反而什么都做不好。

关于要不要做这么多事情，我从一开始的时候就反思过自己，也质疑过这样的生活状态，可是当我面临着比其他人都多的机会时，我开始认同自己。

我在大一大二的时候就曾因为学兄学姐和老师的推荐得到过去大企业实习的机会；也因为曾发表在杂志上或报纸上的一些文章，成功通过某网站编辑职位的面试；还因为在某次采访中，对方力邀我到他们公司任职；我更有机会接触到各种各样的人的生活状态。

那一刻我突然知道，我选择忙下去是值得的。他们只看到了我累的一面，但没有看到我因为累和努力获得了比别人更多的机会和平台。

关于是否应该专注这件事情，我也跟老师讨论过，老师对我会心地笑了笑："你先可劲儿忙吧，等过一年再定方向也不迟。是否专注这件事情也要因人而异的，你精力太旺盛，现在还不需要把你自己固定住。"

"那如果每件事情都浅尝辄止，没有深入下去的话，我最后会不会一事无成？"

"一事无成这个词是相对的，比起一个人取得多么大的成就，他最应该做的是成为他自己，不是吗？"

我似懂非懂地点点头，暂且把那些深奥的问题向后放了放，一年后正逢各种组织换届，我当时一共参加了四个，但如果想大二继续留下做副部，就不可能在四个里也游刃有余了，听过很多人的建议，我必须割舍掉一半，那是一个很痛苦的选择。

再一年之后，我大三，又逢换届，我面临着是否留下来当部长的抉择。狠狠心之后，我把组织全部退掉了。

3

生活就是这样，它总是在逼迫着我们做一个又一个的选择，我们是人不是神，没有办法同时兼顾好所有的事情。

我的退出令很多人大跌眼镜，有人甚至会问我："难道参加一个组织不都是为了走到一个组织的最高处吗？为什么你明明快成功了，却突然离开？你不会觉得你前两年时光都白忙了吗？"

我摇摇头，把两年之前老师对我说过的话，又重新对他们讲了一下。

我忙的所有的事情都不是为了荣誉或者头衔，而是通过许多外在的接触探寻内心最深处的自己。虽然我还是没能准确地找到自己的方向，但是我想要走的路不再那么喧嚣和荆棘丛生了。

"你看她忙了两年最后什么也不是。"我听到不少人在我背后的唏嘘声，自己突然就笑了：你又不是我，怎么能知道我是谁？

从大三开始，我把重心从校内彻底转移到校外，因为在校园里有了整整两年的磨砺，所以就算到社会上也没有变得格格不入，我还是做着我喜欢的有关文字和摄影方面的工作。而我的步伐好像自始至终都比别人快一点，当时一些大四学生因为找不到工作而发愁，而我刚上大三，就已经收到许多全职邀请了。所以那些起初对我不理解的目光和言语都不攻自破，我不单单是在忙，而且是在认真地忙。

我也见过许多因为没有选上部长或者主任一蹶不振的同学，他们从一个很忙碌的状态闲下来后，就无所事事了。他们在大一大二某个组织里那么拼命，因为有各种各样的会议和任务压着自己，现在没有了任何管理，他们到了大三大四突然颓废了，再也找不到自己之前忙碌的意义。

因为他们不是在为自己忙碌，而是为组织忙碌；因为他们关注的不是自己的内心，而是某个头衔，所以忙来忙去还是毫无所获。

我觉得我们必须通过忙碌的这么多事，学会适时地总结规律，也常常反思自己，今天的自己和昨天的自己相比较，看看进步的地方有哪些，更重要的是要经常想想自己今后要走的路，目光放得长远一点，不要只顾眼前的得失。因为已经那么辛苦了，不能让自己白白辛苦，否则将永远都在原地踏步。

四种神奇的时间管理方法

从前有个老奶奶要给她的侄女寄一张明信片，她用了一个小时找那张明信片，一个小时找眼镜，半个小时查地址，一个半小时写明信片，二十分钟用来考虑寄信是不是需要带把伞……

这件小小的事情明明最多需要半个小时，老奶奶却花了四个多小时，并且她的这一整天都在犹豫、担心、操劳，觉得疲惫不堪。

时间就是这样一个奇怪的东西，它对每个人都很公平，善于时间管理的人会将时间的价值最大化，但不擅长管理时间的人，时间往往转瞬即逝。

记得某个月的第一天我发了一条微博，说这月第二十日之前，我有一个考试要复习，有六万字的稿子要交，有一周九节课要上，有每晚的会议要开，有工作要做，有自己的公司要到市南注册。

大家看到后都觉得不可思议，觉得我不可能完成，还有不少人评论说：我本来以为我够忙了，但是看看你，我心里就平衡了。

我都半开着玩笑给他们回复：没事没事，我精力旺盛。

事实上，我发那条微博的时候正在校园里散步，盯着一片落下的树叶看了好久，全身上下一点都没有慌张的感觉，也察觉不到我有任何压力。如果他人不了解我的生活，在路上看见我，兴许还以为我是那种每天都悠闲并且无所事事的人呢。

看一个人不能看表面，而靠微博上的那些文字也不能准确了解我的状态，可能我就在所有人都觉得完不成的情况下悄然地把所有事情都完成了。

因为这样的生活，我已经习惯了。从大一开始，每月永远有做不完的事情已经成为我的常态。我以前经常说，没关系，忙完这阵就好了，但没想到下一阵还会更忙。

刚开始的时候我确实不习惯，不习惯下午加晚上连开三个会议，不习惯每天市里郊区两头跑，但是当我发现我没有办法改变外部环境的时候，我选择了改变自己，让自己在无论什么时刻都能迅速静下心来投入到一件事情里去。

利用每个课间看书，利用每个开会的间隙写作，把每天要做的事情全部列好，并且进行分类，渐渐地就会在安排事情上有了自己的心得，知道哪一种安排方式的效率更高。

而且如果做得好，我会给自己一些奖励，可能是一杯好喝的咖啡，也可能是一顿美味的饭，或者是逛街和朋友约会。我也会每天挤出时间散步，会每晚写日记反思自己。一天的时间里，永远要有一部分时间是需要慢慢度过的，使自己保持在一个平静的状态而非急躁。

之前的我是急性子，好像凡事都慌慌张张的，易躁易怒，但经过很多事情的磨砺后，我性子变慢了，做事开始不慌不忙、有条不紊。于是，我完成了这一系列改变后，发现自己不仅提高了工作效率，也让自己的生活变得规律了，而不是像一只热锅上的蚂蚁，急得团团转。

这就是你强它弱的时间，让我们做时间的主人吧。

下面有几点心得分享给大家：

一、了解自己的生理时间，寻找黄金时段

一天有二十四个小时，不可能有人二十四个小时都保持精神饱满，所以在这种情况下必须了解自己的生理时间，拿出自己的黄金时段来做那些最重要的事情，或者说用脑的事情。

我一天当中的黄金时段是刚刚起床的时候，早晨八点钟和下午四点钟，有时候甚至脸不用洗，牙不用刷，精神就可以达到一个很高的饱满度。

如果当天没课或者不需要外出的话，我会选择用我的黄金时段做我觉得最重要的事情，一般是写作和写策划案，因为这些都是创造性的工作，需要许多灵光一闪的瞬间，更需要一种饱满的状态。

时间通常会持续两个多小时，这个时候在书桌前坐长了就

会产生疲惫感，然后大脑会显得迟钝。

二、学着换脑，间作套种

这个要表达的意思就像种地一样，同一块土地不能连续种同一种作物，否则它的肥力就会下降。

而我们也不能持续工作几个小时，需要学会休息和换脑。

在我感到疲惫的时候，我一般会选择去做家务，那种状态与韩剧《今生是第一次》中的女主尹智昊一模一样。尹智昊是一名编剧，她没有灵感的时候就起身做家务，有了灵感就撂下拖把，赶忙回到书桌前继续写。

看到这个镜头后我惊讶地喊了一声，原来不止我一个人有这样的习惯。我也喜欢在大脑停止运转的时候，起身叠好起床时未叠的被子，洗好前一天换下的衣服，拖完地后为花瓶里换上新鲜的花。

忙完这些事情再重新坐到书桌前，就像呼吸了新鲜空气一样，大脑又活了过来，才思泉涌。

最重要的，还能让自己的眼睛得到休息。我有一个做翻译的朋友，因为长时间高强度的工作，已经佩戴上了将近一千度的眼镜。

有时我们交流心得，我就会把自己喜欢做家务和做饭的事情告诉她，这样不仅能改变自己周边的环境，让自己心情变好，还可以得到适当的休息，寻找到新的刺激点。

同样的道理，把时间按月来看的话，可以适当换换环境，周末的时间出门走走，或者几个月就给自己安排一次旅行，再归来时就像迎接了一个全新的自己。

我有一个习惯，我会提前一个月把我下个月要旅行的城市发在朋友圈，这样在一个多月的时间里都会怀着一种期盼和希望，会让自己的工作更加有热情。

三、见缝插针

我经常运用的一种方法还有见缝插针，这样会提高每一分钟的利用率。

我一般会在等车或者等人的时候搜一下我编辑文章需要用的材料和照片，然后工作的时候就不用再花费时间去查找了。

也许只是省下十五分钟，但这十五分钟其实很有用。

而坐车的时候，我一般会跟朋友通电话，联络联络感情；或者戴上耳机听一些教程，很多平台上都有一些语音教程，这样的感觉就像在跟老师或者智者对话一样受用。

还有吃饭的时候，我喜欢跟朋友或者跟父母打开视频，虽然只是一个屏幕，但感觉像是许多人和自己一起吃饭，而且还能彼此讲讲今天发生的故事；或者就在吃饭的时候看一些纪录片或者电影，这样也会让我的那顿饭吃得很舒适。

四、对事情分类，先做重要并且紧急的事

有一种说法是把事情比成石头，往瓶子里装石头的时候，首先要装那些大石头，其次再装那些小的。同样的道理，在众多的事情中，我们也要学会挑出那些大石头，也就是重要并且紧急的事情。

很多时候，事情不是按天算的，而是按月算的，这样就对甄别完成它们的先后顺序有了一定的难度，具体来说大概有四个维度，分别是：重要并且紧急的事情、重要的事情、紧急的事情、不重要也不紧急的事情。

我以前会把所有紧急的事情放在第一位。它们琐碎，但通常又不是重要的事情，所以当完成紧急事情再去做重要事情时，精力和时间都不那么多了，这就导致完成得不如意。

要知道，往往重要的事情才是对自己影响最大的事情。

后来，我会尽量协调两者，并在紧急的事情中再进行分类，先做那些紧急并且重要的事情，而将其他的紧急事件适时地往后放一放，把最好的时间段留给重要的事情。

定好目标，才能更好地勇敢向前

小学三年级的时候，我的本子上还能找到考上北大、清华这种目标，但许多年后，我只好笑嘻嘻地把当初那个本子藏在书橱的最底端，因为我没能实现那些目标。

那个年纪的我还不曾知晓，在一个极为宏伟的目标之前，首先要定一个如何考到年级第一的小目标，这才实际并且可能完成。

高中的时候，我的目标变得更为实际，我在本子上写的是：考上重点大学！并且着重描了描末尾的那个叹号。

而大学的目标清单，想在大学出一本书和想在以后做自由职业，不知道哪个能实现时，竟然全部实现了。

1

因为心里一直想着要在大学时出书，所以从大一开始就在写作方面努力。我们当时有两学期百篇日记的任务，每天一篇日记的工作量让许多人都吃不消，大家都敷衍了事。但是我却将每一篇都写得极其认真，甚至其中写父母的两篇，达到了一篇一万字。

但因为自己平日里忙的事情太多，所以大多数日记都是在手机上完成的，在早操排队中的间隙，在每个开会前的间隙，甚至是每个课间，几乎所有空隙都被我利用起来。

有时候同学见了我都会说："一有空就手机聊天呀！"

我点点头，没有否认。与其让他们知道我在用手机写文章，不如让他们觉得我在玩耍，这样才不至于跟许多人格格不入。

百篇日记悉数完成，但我实在没有时间把它们重新抄写在本子上，于是给老师发短信，问她能不能打印出来，并向她保证每一篇都是自己写的。

没想到老师欣然同意，我赶忙拿出电脑为我的百篇日记进行了简单的排版，好像电脑里存放的真的是自己的书稿一样。

我把我的百篇日记分了章节，每一章节都定了主题，写了章前话，配上了照片，并且我还为自己制作了一个封面，就连自序也都模拟了一下，好像自己真的在出书一样。

百篇日记那门课，我获得了很高的分数。而那两本装订好的百篇日记也被传阅到学弟学妹那里，开始有一些学弟学妹加我微信，说着一些羡慕和向我学习之类的话。但我知道自己离目标还有很远，不过我愿意相信自己，也相信越努力越幸运这句话。

我一直在很努力地写作，因为携带电脑不方便，有些场合也不适合用手机，所以书包里长期背着一个本子，一有时间就在上面奋笔疾书，回宿舍后再把它们全都打到电脑上。

我粗略地计算了一下，大学里写过的随笔以及各种各样的短篇、长篇小说，加起来有二百多万字。作为一个写作者，我没有天赋异禀，但也算是能够承受着许多压力不断努力的。

后来我出了第一本合集，被公司邀请到出版集团给书签名，我看到会议室的桌子上满满当当摆的全是我们的书，终于体会到那种签名签到手软的感觉，但是录视频的时候还是忍不住笑出来声，大概没有人能够猜想到我当时多么快乐，除了实在忍不住大笑的那一刻，其余时刻我都掩饰得一脸镇定。

紧接着是第二本合集、第三本新书，但我印象最深刻的还是在书的扉页上第一次写下自己的笔名。人生中有那么多的瞬间，我们总会记得。

2

在大二下学期，我虽然很想做自由职业者，但在未来的职业规划中还是只填了个编辑，因为我不认为自己有能力做自由职业，也不相信自由职业能赚到什么钱。

但是上了大三，我开始接到一个又一个的策划案，写一篇又一篇的小说，且能赚到很多的钱，原来自由职业也完全可以让我有不错的收入，但是同样面临的问题是不够稳定。

在很长的一段时间里，我感到不安和困惑，害怕自己突然某一天就失业了。也正是因为自己内心的不安全感和焦虑又促使自己去学习了很多东西，把技能真正地学到手是解决焦虑的一种很好的方法。

所以有时候想想，可能推着自己不断往前走的除了对自由的渴望，更多的是为了给自己一份安全感，虽然知道自己永远没有办法走向那条完美的路，但可以无限接近于完美。

大四的某一天，是我接到第一个策划案整整一年的时候，我也完全适应了自由职业这个身份，大三那份焦虑和不安也已经退出了自己的生活，因为真的没什么大不了的，就算哪天失业了，也可以再去重新应聘啊。

这个世界上没有所谓的铁饭碗，真正的铁饭碗是我们的能力和思想，具备这些软硬条件才能使一个人无论到哪里都会有饭吃。

一个拥有很好技能或者有很好素质的人，不会担心失业，反而那些自认为自己有铁饭碗的人，常常有危机感。危机感并不是一个让人感到愉悦的词语，但危机感的确可以催促一个人奋力向前，我们不能因为生活的安逸而放弃了对自我的提升。

3

我的目标说大不大，说小也不小，可能当我写下它们的那一刻，不是为了有一天这些目标能够实现，而是给自己一个相信命运的念想。

我一直都认为进入大学最重要的事情是给自己定一个

目标，因为有了目标才不至于在大学中的每次选择都手忙脚乱。

就像假如自己将来想当村干部、选调生，想获得各种荣誉或者做最快入党的那个同学，那么一开始就要去竞选班长或者团支书，然后心甘情愿地去做一个为同学们真心服务的人，有开不完的会议、整理不完的资料，每天打开手机会看到几十条短信。你只有为同学们付出得多了，你才有资格做个好党员。

相反，如果你的目标只是想在大学里做自己的事情，那么请一定不要当班长和团支书，否则工作上烦琐的事情会扰乱你的脚步，而你也做不到真正对同学们负责。

假如自己对人生的规划是创业，那么从大一开始就要关注这方面的东西，去参加学校里各种各样的大学生创业组织，多参加比赛，多积累人脉，然后锻炼自己那颗能够接受无数次失败的心。

还有其他的一些目标，无论是考研、出国、当老师，还是成为工程师、律师，所有的事情都不是一蹴而就的，不是我们今天想了，明天就能够完成的，它都需要一个长期的积累过程。

而有了一个目标，会让自己在这个过程里去掉许多外界的干扰和诱惑，在做一件事情之前都会想想，这件事对我完成目标有没有帮助。

当我们真正完成了一个目标，就会知道那样的一种喜悦，并且也会爱上不断制定目标又不断达成的自己。

这将是一个良好的循环。

善写计划，让生活变得高效率

快节奏的现代生活让我们的步伐速度比以前增加了至少一倍，人们也越来越不愿意花时间来制订计划，于是，觉得永远都做不完的工作，沉重的压力和各种各样的琐事，让我们的生活变得杂乱无章，没有头绪。

我是一个从小到大都特别爱写计划的人，喜欢买各种各样好看的小本子，后来朋友知道我有这个习惯，每当在淘宝上购物，收到卖家的小本子礼物时，都会送给我。

最夸张的一次是我的朋友搜罗了她们宿舍一整个学期的本子都拿给我，告诉我，她们本来也是要扔的，给我正好物有所用了。我看着那十几个小本子，心想：这么多，我怎么用得完啊？但心里还是很高兴。就这样，我那个专门装小本子的盒子里，永远都是满满当当，这一个还没用完，别人就又送了许多个。

在我看来，有了计划会让自己的生活更加清晰分明。我们都知道未来的事情没有办法确定，就像船只在大海中航行很难预料狂风一样，但是这些不确定性让写计划变得更为重要，我们可以在计划中列出可能发生和可能出现的事情，以此让我们心中早有准备，而不是等有情况发生变化才措手不及，那样必败无疑。

写计划这件事，每个人都有适合自己的方式，而我写计划就一个字——“细”。我会把一天要做的所有事情都列在本子上，以免漏掉。每项计划都很详细，书要看到第几页，文章要写多少字，我甚至把剪指甲的时间都记进去了。

我一般会分大计划和小计划，大到3年至5年要完成的事情，小到明天要完成的事情，而那些一条又一条的小计划，最终都会汇入大计划那条大河中，它们是无数的支流，决定了大河有源源不断的水流。就像每天背10个单词，是为了有一天能够说一口流利的英语；每天练习PS，是为了有一天能够修好图。将这些微不足道的小事情和最终的大事情一一列出来后，就清晰地知道自己是为了什么而做，就会更加有动力。

人生需要目的和规划，也需要知道自己每时每刻要去做什么。

我喜欢在前一天写好计划，明天需要做哪些事情，一条一条地列出来，一目了然，但不会规定时间，而是随心所欲，哪个时间段想做什么就做什么，做完后把这一项划掉，就像打Boss通关一样的爽。

因为都是写在那些小本子上，很轻便，所以会随身携带。我在上面随时添减和更换，让一天24个小时，全年365天都糅进这个小小的本子里。有了这些计划，我每天都过得很充实。一天的时光如果跟着计划走的话，就不会觉得忙乱和焦急，而是有一种从容不迫的感觉，因为所有该做的事情你都已经很好地做了安排。

写计划还有一个好处是：让你永远无法逃避那些你认为困难的事情。

在生活中，我们无法避免会遇到一些难题，比如因为我自身能力达不到，我就很讨厌做视频或者写演讲稿，如果遇到这样的工作我就忍不住地想要拖延，但如果把它们写在本子上就不一样了，翻本子的时候总会看见它们，每一次都是一种提醒。而它们就像是十分嘚瑟的终极大怪兽，我必须把它们打败才罢休。

有计划的生活看似是紧张的，但其实井然有序；有计划的工作看似总也忙不完，但会变得充实而有效率；有计划的人生即使有一天面临艰辛，我们也能处之泰然。

计划会让我们的思维清晰，创造出事半功倍的效果。

Chapter 2

有韧劲的人生，会让你越变越好

有韧劲的人生，到哪里都能落地生根

1

认识辉哥是一个很偶然的机会，我是他们公司的客户，某一天突然接到他的回访电话，可能是因为他们工作交接，我上次没谈好的业务交由他负责。

他开口的第一句就叫了我一声姐，后来的每一句更是姐不离口：“姐，您觉得这个方案怎么样？”“姐，这个您放心。”

整个通话过程，我都没来得及更正他，直到我们快谈好的时候，我才说了一句：“我觉得我好像比你小。”

“你哪一年？”

“1996 年。”

那头的他欲哭无泪：“哇，你整整小了我六岁，竟然占了我这么久的便宜。”有了这个小乌龙，我和他的关系一下子近了不少，那头的他仍然笑着说我太不仗义。

直到我们后来很相熟了，他仍然对我们的第一通电话印象深刻。

2

辉哥是东北人，在青岛上班，刚来这个公司第一年就做到了销售总监的位置，这在任何一个公司和城市都不多见。

“老实交代，你是不是靠什么关系了？”

他上下打量着我，开玩笑地问：“靠你啊？”

辉哥的大学念的是师范，在他的人生规划里，他以为自己以后会成为一名老师，教书育人，人生虽然没有那么精彩，但当老师还不错。

大二那年，他谈了一个女朋友，是老乡。两人说好一起留在大学所在的城市当老师，但没想到毕业那年，女朋友被父母安排到了老家，福利各方面都很好，父母甚至都为她买好了房。女方父母也让辉哥回家乡。

辉哥知道这个消息的时候，心里微微痛了一下，有点不相信地问自己的女朋友：“我们不是说好一起留在这儿奋斗的吗？不是说好的吗？”

“辉，我们来一个两年之约吧，两年之内如果你混好了，我就跟你过来；如果你没混好，就回老家吧。”这是一句很现实的话，但在辉哥听来却觉得那么别扭。

他们最终还是分手了，或许是因为异地恋，或许是因为起初的那一句话就已经埋下了分开的种子。

辉哥毕业后当了半年的老师，然后辞职到了大连，一个人拿着不多的行李，看着人来人往的街道也不知道自己要做什么、能做什么。在一座完全陌生的城市，一个熟人都没有，辉哥很狼狈地找房子，然后又花了一周找好工作。

他做的第一份工作就是销售，因为他发现销售这项职业对专业没有那么多要求，决定能否胜任的是自己的能力大小。

辉哥业绩最差的那个月，连房租都付不起，一个人在出租屋里吃着馒头咸菜，不断问自己：销售都做不好，我还能做什么？生活的重担压着他，让他不断冒出回去的念头，可脑海中不断涌现出前女友说过的话："如果你没混好，就回老家吧。"

辉哥不想回老家，他咬咬牙又坚持下来了，倒不是为了面子，为自己争一口气，而是不想让自己的青春就这么白白地浪费掉，他想给自己的人生多一种可能，而不是回到自己出生的小城，过着一眼能望到头的人生。

本来学历史出身的辉哥，为了干好销售，自学了心理学、管理学和经济学，白天跟各种各样的客户沟通，夜晚逼迫着自己静下心来读书。刚刚失恋的他心情不好，很难静下心来，而且有时候读书会被客户突然来的电话打断，学习的环境并不好，可是没有关系，一个人真心地想做一件事，那他就一定能做好。

辉哥开始转变观念。跟其他人不同，他开始不再把业绩看得那么重要，不再将产品跟自己的切身利益相挂钩，他不再是为了卖产品而卖产品，而是真正对这个产品、对用户负责任。

所以他会很坦诚地告诉顾客产品的优缺点。卖出产品是一时的，信任是永远的，他真诚、热情积极、足够拼、足够有耐心，这些都能赢得客户的信赖；他还去做市场调查，做数据分析，不把销售工作当成耍嘴皮子的工作，而是要对产品有深入的了解，这样才能更好地服务顾客。

3

他的努力有了收获，几个月后，他成了公司的销售之冠，并在此后一直保持。然而就在他面临升职的时候，他却辞职去了上海。他告诉我，他想获得更多的能力和见识更多的事情。很多人都不理解他，明明已经适应一座城市、一份职业，而且有着不错的发展，为什么总是喜欢挑战那些未知的事情。

辉哥跟我说，其实他并不是好高骛远，也并不是没头脑地瞎折腾，而是逼着自己去适应各种各样的事情，远离自己熟悉的和擅长的，去不断发掘自己的潜能。

就这样，他在毕业后的六年里，辗转了很多座城市，大连、上海、广州、西安，最后来到了青岛。每座城市都不同，但奋斗的轨迹都相似。六年里，他的心思全扑在工作上，倒也没觉得多么枯燥，反倒像是见证自己的一个过程，他从做销售到做管理，一步一个脚印，走了很多弯路，也收获了很多回报。

辉哥用六年的时间经历了别人十年的事情，适应能力越来越强，能以最快的速度找好房子，找好工作，把自己安顿好。他带过团队，跟人合伙开过公司，讲过销售课。看似对专业知识要求不高，却是一门交叉学科的销售，辉哥做好了它。

拥有销售能力的辉哥更善于沟通和管理，并且现在的他无论卖什么，无论在哪个行业，都能够游刃有余，能拉下脸来到大街上跑业务，也能坐在会议室里跟其他公司谈判。能屈能伸，是一个人在工作中最好的姿态。

来到青岛之后，第三个月，他就成为公司的销售之冠，后来一直是销售冠军，从组长、经理，然后不到一年升为总监。虽然升得快，但没有任何一个人提出异议，因为辉哥的能力有目共睹。

聊到之后的打算，辉哥说他应该会回大连。

“你兜了这么一大圈，就是为了以最好的状态回到最初的那个地方？”

“是啊，该回去了，也可以回去了。”辉哥说这句话的时候语速很慢，好像一闪而过他的许多年。现在的他是最好的他，有底气回去，也有能力回去。

年轻的时候不知山水为何物，那就去看；等老了的时候，把山水装在自己的心里。

最后，他告诉我，我们每个人一定要相信自己生命的韧劲，无论在哪座城市，无论在做什么，都能够落地生根。

跌落是为了攀爬，搁浅是为了重新起程

我有一个很好的朋友 Ann 在南方学服装设计，她经常会做一些长裙给我穿。我们说好要一起开一个服装工作室，她管制作，我管宣传，名字就叫作 Gemini，因为我们两个都是双子座。

大二那年，Ann 介绍她的学姐惠子给我。惠子是青岛人，到南方读书，毕业后回青岛开了一个服装工作室，想找一个合适的人帮她做做宣传。

Ann 偷偷跟我说："你先跟惠子一起做吧，顺便取取经，要是你们做大了，我毕业直接加入你们；要是没做大，权当学经验了。"

我对 Ann 的想法表示同意，随即便联系到了惠子去面试。说是面试，其实更像是聊天，惠子听了听我对宣传方面的想法，觉得我还不错，当场告诉我，面试成功了。

就这样，我以微薄工资加提成的方式加入了惠子的工作室。工作室设在商业街附近的小区一楼，三室两厅，月租二千五百元，向阳的一间卧室用来拍照用，另一间用来工作，背阳面的一间，惠子用来睡觉。

工作室一共有三个人，我、惠子，还有一个模特小晗，我们每个人都身兼数职，互相客串模特和摄影师，或者到处拉客户。我有空就往工作室跑，我们三个姑娘每天都有挥洒不完的热情，想象着我们做的衣服有一天可以成为品牌。

但问题很快就出现了，我们制作一件衣服的周期太长，纯手工耗时耗力，但价格又上不去，一件纯手工的大衣才卖一千多元钱，而惠子则要没日没夜地做差不多十天。我们还不想找别人代工，觉得工作室一开始一定要注重质量。

后来天变暖和，惠子开始做一些单衣。单衣周期短，但价钱更上不去。当时有人说："我有那个钱还不如买一件牌子比较知名的衣服，又何必找你们这种小作坊呢？"这是一个客户的原话，惠子听后心生不悦，等客户走了，气呼呼地对我们说："所有的大牌都是从小作坊开始的！"

好在衣服也没有出现卖不掉的情况，还是有客户喜欢这种独一无二的定制衣服，不过我们仍然在赔钱。惠子一个人根本无法生产那么多衣服，一个月制作棉衣的话，顶多三件，赶上做夏衣的话，一个月六七件，付完房租，连我们的工资都发不起。

我们也尝试过转型或者找代加工，但那样的话就偏离了我们的初心，我们想做高档的定制服装，重质不重量。可梦想似乎照不进现实，如果我们再坚持这样的理念几年，可能连饭钱都赚不出来。

大约七个月后，惠子把我们叫到工作室，宣布工作室正式破产。我们三个姑娘在阳台上一起喝酒，看对面楼上亮起的点点灯火，突然觉得这个社会，从来都不像想象中那么简单，有些人妥协了，有些人依旧倔强地坚持着自我。

“我惠子，有一天设计的衣服件件都会成为经典，钱就是粪土！”她的话虽然这么说，但我们折腾之后，都有点知晓，钱是生活中的必需，而不是罪过，做衣服赚钱并不可耻。

谈及我们之后的打算，惠子说她已经给某家公司投简历了，换了一种方式继续做衣服，先解决温饱问题，过几年，她还会继续开工作室折腾的。

“好啊，过几年叫着 Ann 一起干。”

“Cheers！”清脆的碰杯声在宁静的夜里透着温情，我们的服装工作室暂时搁浅，等着将来的某一天重新起程。

现在的惠子很受公司重视，也经常会有出国学习交流的机会。某个采访视频里，惠子谈着她的设计理念，整个人都那么光彩照人。

而就在前年的时候，我们还在那间小小的屋子里，为了一件衣服而愁眉苦脸，为了顾客一句批评的话而暗自难过，我还在抓耳挠腮地想宣传语，小晗还在不断地换造型给我和惠子看，正是那些一不小心就工作到深夜的付出，才有了如今能够大放光芒的资本。

我知道，惠子和小晗会像我一样，不后悔我们曾经奋斗过的时光，因为跌落是为了攀爬，而搁浅是为了重新起程。

持续努力，才能坚定地做自己

大学期间的某个假期，我拖着行李回家，到家后发现家里有客人在。我定睛一看，是搬家后将近两年都没见过的前邻居，她带着她的孙女一起来我家玩。

挤了一路公交的我极其狼狈，但邻居还是毫不吝啬地夸我，后又侧过头对我母亲说："真是从小就优秀，我记得小时候有一次你们没回家，她就蹲在门口看书……"

邻居的一句话，让我的记忆回到了许多年之前。村子里那条细窄的胡同，墙脚下生了一层又一层绿色的青苔，我拿着分数高高的卷子回家，告诉父母："班主任让你们在班会上讲话。"在很大程度上，我就是那个被羡慕的别人家的孩子。

我还不认字的时候，就学会了背诗。母亲后来向我描述的时候，脸上挂满了惊奇和喜悦，她说，一直好奇我是怎么记住的，一百多页的古诗书，每翻开一页，我就能准确无误地背出来，不认字，只认得书上的图画，而且母亲只念一两遍我就会背了。

"我都不敢多教你，真怕累坏你的小脑袋。"

话是这么说，但该教还是得教。我在那块写完可以涂抹掉的写字板上学会了写自己的名字，一个字占据了整块板子，写完擦掉，重写上再擦掉，乐此不疲，像是玩耍，但也是一种学习。

父母还用扑克牌教会我认识数字和简单的加减法，用积木教会我乘法。日积月累，就算每天教得不多，但到上幼儿园的时候，我也已经背完了整本古诗书，会写一些字，也会做简单的算术题。

于是，从幼儿园开始，我会的好像就比别的小朋友更多一些。有了基础后，知识学得更快，所以更为自信，也更为积极。这是一个好的循环。

在我的卧室里，一点月光透过那扇不够新的窗户照进来，隐约能看清墙壁上日历的轮廓。我眯起眼睛，细细打量起被小红花贴满的日历，随着我呼吸的涨落，冥冥之中，我知道人生下一个篇章要开始了。当时，我六岁。

关于小学，听起来更传奇一些，我当了六年的班长，依稀记得我一年级被任命班长的原因是喊“起立”的声音洪亮，便在众多同学中脱颖而出；带领做操，读拼音，管纪律，大概是因为做得不错，即便是换班换老师，我仍能持续做了好多年。

幼儿园不知成绩为何物，到了小学开始渐渐知晓，因为不想被别人落下，自己便偷偷努力。很多个静谧的清晨，我打开一盏台灯，伏在桌子上一遍又一遍写着老师上课讲授过的汉字。冬天的早晨，家里暖气不足，写字桌上是玻璃面，手放在上面变得冰凉冰凉的，我倒也不觉得苦，笔尖划过纸张，那一寸又一寸的求知欲是很美的。

晚上做的习题，是学校统一发的《小学语文》和《小学数学》，做完后父母检查签字，然后我再更改错误的地方。觉得习题都会做了，才能好好地去玩耍，和小伙伴们一起玩过家家或者守在电视机前追电视剧。

而周末则是做母亲给我出的卷子，母亲一个字一个字地亲自出题。我每周做一次测试，那些卷子甚至都被老师拿去复印给其他同学做。

我开始学习舞蹈，也参加各种各样的演讲比赛，评委问我紧不紧张，我说不紧张，我把你们都当成了萝卜和白菜，一句话道出了二年级小孩独有的天真。

我在升旗仪式上领奖，享受着所有师生艳羡的目光，但只有我知道，每次短短几分钟的演讲，都是我在镜子前练习无数遍的结果。

六年级，我戴着校长送我的不一样材质的红领巾在毕业照里格外扎眼。咔嚓一声，新的篇章又要开始了。

初中、高中、大学，像自己喜欢的诗句那样，“路漫漫其修远兮，吾将上下而求索”，日子被知识隔成不规则的一块一块的，中考完了继而高考，耳边除了上下课铃声外几乎没有别的响动。

和小伙伴一起，连等公交车的时间都用来背书，走路的时间互相提问语文和英语，每次完不成作业的玩耍都充满着罪恶感，很多时候会担心，万一我考不上大学该怎么办？

时间不动声色地流逝，身边的所有人都在努力，当然我也不例外。

如水击石，晨昏昼夜周而复始，像石头习惯水流，我从小便习惯了严格要求自己的生活环境，小时候可能更想听到一句称赞，想做到像老师说的那样——成为其他人的榜样。

但长大后，才知道我们对自己所有的要求，都是为了离更好的自己再近一点。

小时候的路很宽，所有人都走在上面，可以同他人相比较；长大后的路很窄，上面只有自己一个人，而每个人都有不同的路。所以我长久以来学到的，不是一颗攀比的心，而是脚下的步伐该如何坚定，坚定地做自己。

许多年过去了，我手中的习题换成了文案，曾经口口声声说的学习变成了工作，唯一不变的是那些年寒冬的清晨，宁静的房间里有我轻轻起伏的呼吸。

不忘初心，方得始终

写一件我在工作中的事儿，大三上学期，我刚开始做一些新店的宣传策划。其中有一家是我很喜欢的网咖。和其他的网咖不同的是，这家网咖的老板怀着一颗文艺的心，店内的布局更像是一个咖啡馆或休闲吧，店内有各种各样的绿植和好看的杯子，还有一只胖胖的橘猫。

老板希望我帮忙做一个开业策划，我欣然应允。

当时离网咖开业还有一个月的时间，因为对这个店格外喜欢，所以我很快便着手做这个网咖的策划。本来想先跟老板商量一下思路，但他实在太忙了，总是联系不上，好不容易联系上，他却对我说："你看着弄吧。"

既然他已经放手，那我便循着自己的思路来。在策划中，我着重比较它跟其他网咖的不同，突出它的静和雅，并且亲自到店里去拍了一些老板装饰的细致之处，一些标语和一些贴心的小细节等等，并推出了充值优惠和饮料食品打折活动。

准备了大约一个星期之后，我将策划案发给老板看。我胸有成竹，觉得自己方方面面都考虑到了，老板一定会很满意。他没有立即答复，直到几天后才告诉我，说他希望能够在这个策划中展现出游戏的元素，可以大家一起通宵打游戏的那种。

“那不就跟市面上的网咖没有什么区别了吗？”

“对啊，我觉得还是迎合一下市场比较好，你改改吧。”老板说完这句话就挂了电话，纵使我心里千百个纳闷儿和不情愿，也不得不按照老板的意思重新修改这个策划案。

要知道一个策划案的突出点变了，整篇策划案都要重新翻修。为了将策划案写好，我特意到其他网咖感受了一下，并且咨询了我那些玩游戏的朋友。当时最火的一款游戏叫《英雄联盟》，我从完全不懂到略懂皮毛，对我来说并不是件容易的事，但我已经尽自己最大的努力去学习，希望能把游戏的元素很好地加进去。

就这样，我又花了三天时间将策划案全部改好，这已经是完全按照老板的意思进行修改的策划案了，但没想到仍没法令老板满意，他说游戏的元素太多了，都不能凸显他自己店里的特色了。

“您不是说要迎合一下市场吗？”

“那也要保留我们自己的特色啊，你说对吧？”老板突然把这个问题反问给了我，我一时哑然，只好咽了一口唾沫，尽量让自己的语气听起来没有那么大的起伏，对他表示：“对，我再改改。”

为了让策划案更加出色，我在第二次的更改中，还找了许多小伙伴帮忙去做模特，使店里的照片看起来没有那么冷清。

在整个工作的过程中，我也有很多委屈，我嫌老板说得不够明白，嫌他总是变卦，让我无缘无故多了许多工作；我也曾想撂挑子不干，我从小到大都是被家里宠着过来的，我为什么一定要受你的气？但是这种种的情绪，都在呼了一口气后忍了下来。我并非妥协于老板，也并非妥协于金钱，我换位思考着，如果这是我自己的店，我也一定会精益求精。

就这样，我在转变思想后，比之前更加热情和积极地投入到了策划里，到真正开业的前一周，我前前后后整整改了五遍，在链接里虽然只用了十几张照片，却是从近千张中挑出来的，我终于改到了老板满意我也满意。

我给老板留下了一个很好的印象，他不但及时地给我结了账，并且承诺，只要我去店里就可以免费上网、吃东西。

直到现在，我们还保持着友好的合作关系，他们店里搞活动时常让我做做链接什么的，合作过程中也出现过一些小摩擦，但总体趋势是好的。

后来我接过许多次策划，也碰到各种各样的老板，有的一次方案就过稿，有的改了十几次，但令我印象深刻的还是我最初的工作，它让我意识到，工作并不是一件简单的事情，而自己必须时时刻刻调整好心态，绝不能玻璃心。

我佩服大三时那样一个懵懵懂懂的自己，凭着热血和激情，虽然出了许多差错，但因我的认真和耐心赢得了他人的尊重，能听到老板说，把策划交到这个小姑娘手里，他放心。

而我将永远不忘初心。

勇敢地走出去，拥抱新世界

1

我从大二开始就一个人去各个城市了，拉着行李，熟门熟路地辗转在各个机场和火车站。但谁又能想到，几年之前我还是个连逛街都要妈妈陪的孩子，不敢一个人走夜路，不敢一个人到自己想去的地方。

我的转变是在大学，独自一人来到陌生的城市，被迫快速地成长，学会认路，学会找公交车的正反方向，也学会拎着行李一个人行走。

记得我第一次一个人旅行是因为结伴而行的朋友突然有事去不了，可我又不想退掉火车票，纠结了一晚上后，开始说服自己，没准我一个人也可以。就这样，有了第一次小心翼翼的试探。

而第一次的行程回头想想真是慌乱，我从出门的那一刻开始就警惕地看着四周，觉得每个人都不够友好，害怕那些犯罪分子藏在某个不为人知的小角落里，每当有陌生人坐在我的旁边，我都要条件反射性地缩一缩。

不知是因为紧张还是别的，我竟然等错了检票口，在大厅坐了好久都没有察觉。直到时间临近时才在心里泛起疑虑，车子晚点了吗？我盯着手里的车票，然后听到了广播里最后的催促，这才恍然大悟，那一串数字和字母正是自己要坐的车。于是飞奔到属于我的那个检票口，真是差一点就错过。

作为整个列车的最后乘客，我来不及找车厢，随便上了离自己最近的那个车厢，然后一个人越过长而窄的过道，急出了满头的汗，好不容易走到头，才得知找反了，我攥着票站在动车尾部的位置，整个人疲倦而无助。

后来是车上的服务人员问我："有什么需要帮忙的吗？"

我不好意思地吐吐舌头："不小心找错车厢了。"

她双手接过我手中的车票，看了一眼后，告诉我不要着急，往前走一段路就到了。我藏好我的羞赧，在心里涌起一股感动，道过谢后，我又一个人拿着行李原路返回，一路上不小心碰到许多人的衣袖和裤脚，说了无数句抱歉和对不起后，终于平安到达自己的座位。

后来，我坐火车就没那么慌张了。这就像工作一样，最初的时候你什么都不会，总是出错，甚至出丑。你又紧张又焦虑，但还是要硬着头皮去做，去学习，去积累，慢慢地，你就会适应自己的工作，并快速地成长起来。

2

我第一次坐飞机的经历也和这次经历差不多，没有想到清晨的机场会有那么多人，我像只无头苍蝇一样左冲右撞地找了好几个服务台，最后好不容易找到属于自己的托运地点，还傻头傻脑地到了头等舱，然后被对方冷冷地告知："这里是头等舱。"

我的脸一下就红了，难怪只有这里没有人排队。

我看着其他窗口排起的长队，决定不托运行李，直接到自动取票机，但捣鼓了半天也没能取好票，只好再重新回来人工取票。就这样，我原本提前两个小时到达的机场，最后才刚刚来得及登机，那样无措的感觉真的是糟糕透了，而那样的无措也只属于第一次。

我再也不会新奇地说："动车上可以充电啊！""飞机上有免费早餐啊！"

这些之前让自己觉得像发现新大陆一样的点滴，早已成为岁月里的习以为常，我有时候会忍不住在想，我们每一个人是不是都是这样一点点丧失属于孩童的喋喋不休和一双满是好奇的眼睛。

许多次之后，我连飞机窗外的行云都提不起兴趣，只是将车窗拉下，闭上眼睛休息。记得有一次，我旁边位置坐了一个女生，她怯生生地问我可不可以换个位置，她是第一次坐飞机，想靠在窗边看看天空。

我欣然应允，想到自己第一次出远门的时候，怕别人知道自己的生疏拼命佯装的娴熟样子，独自笑了笑。

3

后来去旅行我常常都是独自一个人，父母从刚开始的提心吊胆渐渐放宽了心，他们也认可年轻人的确应该出去走走，放宽眼界。为了不让他们担心，我途中每隔几个小时就给他们发条消息，报报平安。

从大二开始，我每隔三个月都会来一次一周左右的旅行，到各个城市去见见朋友，或者只是单纯地自己走一走，勤快时就拿出相机来拍拍照，慵懒时就把风景认真地装在心里，享受着异乡人带给自己的热情和温暖。

不知道从哪一次开始，我再出远门已经能够很好地摆正心态，不再想着处处都是残害自己的人，而收拾行李也开始遵循着一切从简的原则，开始懂得一段旅行中最重要的东西无非是一双舒适的鞋子和一颗平静淡然的心。

因为每一次旅行都更像是一场修行，所以看着无一物永驻的窗外，也能更好地跟自己对话。在外的行程是完全脱离自己熟悉的环境，以及每天必做的烦琐事宜，它会让你在接下来的每一分钟，都有拥抱新世界的感觉。

行走的一路上，遇到许多个不到几个小时就要挥手说再见的陌生人，我们分头驶向下一个不同的旅途，让我更加能够坦然地接受分离，而这些人往往更能给自己前进的勇气。

我们通常不会告知对方自己的年龄和名字，只是拿自己的某一段人生作为聊天的内容，无论多么平凡的外表，心中都有一个盛大的故事。我有时也会对他们讲我创业的一些故事和我一直在追求的梦想。

他们不像我周边的一些人，还没等我讲完，就完全地否定了我，告诉我："你这就是异想天开。"而他们会很专注地听完，告诉我："我见过许多像你一样的姑娘，有想法就去做吧，这么年轻，就算跌倒了，还能爬起来继续上路。"

那些我一直渴望的肯定，在他们身上得到了实现。

4

行者大多都是见过大风大浪的人，更见过生命的幽微和脆弱，所以他们对人生、对生活有更大的包容度。

我也常常会把遇到的一些人和一些事写进我的小说里，偶尔会有读者留言：作者写得也太理想化了吧，现实生活中怎么可能有这样的房子？怎么可能有这样的婚姻？怎么可能有这样的人？

我特别想告诉他们，不要以为自己没有见过的东西在这个世界上就真的不存在，更不要以为你做不到的事情别人也做不到。

所以很多事情，都像我的旅行经历一样，第一次虽然忙乱不安，但一定要勇敢地踏出第一步，说不定还会有惊喜的体验；永远不要把想法留在自己准备扔掉车票的那一瞬间，也永远不要让目光只看见眼前，这个世界上多的是我们想象不到的事情。

现在的我在很多人的眼中仍显稚嫩和无畏，他们看我的目光就像我看跟我换座位的那个女生一样，因为什么都没有经历，因为什么都不懂，还保留着许多热情和冲劲。或许，他们会笑一笑，想想他们年轻时的样子。

年轻真好，年轻有无限的可能。

旅行很好，见过万千的人，才更有勇气保持自己的底色，成为我们最想成为的人。

如果你的人生不想被别人肆意篡改

1

2014年暑假，我将要选择我的大学和专业。我们那年实行的是六个平行志愿，学校发了两本指导书给我们，我翻着那本记录各个大学情况的厚厚的书，一点头绪也没有。

定哪个大学好说，就想选个离家近的，但是学什么专业让我犯了愁，因为这是高中三年从来没有接触过的，同时它又是十分重要的。我隐隐约约地觉着选专业这件事情关乎自己的前程，稍有不慎，就会满盘皆输。

可看着书上那些排列得密密麻麻的专业，我压根儿就不知道它们教的都是哪些内容，也不知道自己会不会喜欢。为此我还特意花钱去做过性格分析、职业分析，就想选一个适合自己并且能学好的专业。

对照着那份职业测评报告，我一页一页翻着与报告对应的专业介绍，这是我对于大学专业最初步的认识。

那些日子的饭桌上，我和父母讨论的话题总是离不开选专业的事儿，而跟别的父母比起来，我的父母直接撒手不管，他们就一句话："我们也帮不上什么忙，你找个喜欢的学呗。"

吃完饭，我打电话给要好的高中同学，想问问他们报专业有没有什么好的建议，没想到他们早都定好了。

但打听了一圈后，对我一点启发都没有，我还是要继续纠结我要学的专业。在看完报告上的专业介绍后，我开始每天到网上浏览专业信息，具体到这个专业要学的每一本书；我还通过学校的贴吧等途径，加了一些学兄学姐的微信，把我感兴趣的近十个专业一一做了对比。

要想选择，必须做到了解。如果自己的人生有机会自己选择，那我要对自己负责。就这样，我选了秘书学，算是众多热门专业里比较冷门的一个。而先前喜欢的哲学、心理学、广告学、行政学等，都因为查过它们的课程设置，所以往后放了放，毕竟选专业这种事不能单听一个名字，也不能凭着感觉走。

秘书学吸引我的是它的培养方案和课程设置，因为它包括了心理学、文学、管理学和社会学等等，它学得很宽泛，而我需要的正是一个接触众多领域的机会。

即便我做过职业测评，但那时我对于自己还不够了解，如果没真正接触一些东西，永远都不会知道自己适不适合。

所以通过几天的思考，我做了一个很大胆的决定，我愿意花费大学四年的时间，让我真正了解我自己，并且找到自己的擅长所在，知道自己适合的领域，然后更好地深造。那个时候，我是一心想要考研的。

2

上了大学后，我的专业果然没让我失望。开学第一课，老师就对我们讲："你们知道秘书的定义是什么吗？作为一个秘书，他必须是一个通才，他虽然站在领导的背后，但他却是领导的智囊，所以要做好这个职位，对一个人的挑战极大，这也就是我们的课程涉猎这么多领域的原因。"

我坐在位置上，整个人跃跃欲试。

但我观察周围，鲜少有同学跟我一样的表情，后来我得知，因为我们的专业分数偏低，所以很多人都是调剂过来的。

我说不上心里是什么感受，但我隐隐约约地知道，一个人对一件事的心态决定了他对这件事的完成程度。

所以大学四年学下来，我有很多同学仍然很讨厌我们的课程设置，但我却从我们的课程里学到了很多东西，提升了自己。

我们开设的新闻采访与写作这门课程，让我更好地去扮演一个记者的角色；我们的中国文化概论，让我在博物馆解说的时候更加有底气；我们的心理学，让我学会更好地让自己和他人相处；我们的公关策划、品牌策划、营销策划等等，让我确定了自己之后的一个方向，我发现自己对企划很感兴趣；我们的管理学、领导科学及法律知识，让我觉得自己开一个公司好像也不是什么太难的事情……

那些说在课堂上学不到什么东西的观点，其实并不客观。因为大学里的很多老师还是很有学识的，许多教材的编写也极为出色，最重要的是看我们如何去吸收，如果真的能沉下心来去听一节课，总有我们需要的那个部分。

而我最喜欢的，可能只是一节课中的一句话，我一直觉得这是一件很神奇的事情，生活中有许多自己想破脑袋都想不明白的问题，通过老师的一句话全都迎刃而解。

3

但是并不是每个人都和我有同样的感受。我曾经和我的同学聊天，她一脸的遗憾，她说，如果不是当初被调剂到这个专业，她现在肯定会变得更好，她觉得自己的人生被别人肆意篡改了。

而那些被家里干预选专业的同学也纷纷跟我诉过苦，因为他们学习了之后才知道自己根本就不喜欢自己的专业，还有那些起初马马虎虎地选大学、选专业的同学也都上了不了解的当。

所以他们的大学开始变得浑浑噩噩，因为专业课不喜欢，所以逃课，考试挂科，然后更加破罐子破摔；有多少人都是高中时代的佼佼者，但到了大学却换了另外的一副模样，在专业上毫无优势。

“那你怎么不尝试着改变一下呢？”

“我哪有那么大的本事啊？怎么改变？”

其实改变不难的，如果我们真的不喜欢自己的专业，可以选择自学其他的专业。图书馆里那么多书等着自己翻阅，别的专业那么多课也可以免费蹭，又怎么能将所有的过错归咎于一个专业上呢？就好像谁欠了自己一样。

就算我们十八岁那年的节点上出了一点小差错，那也是完全可以更正过来的，我们可以转专业，可以修第二专业，实在不行，我们可以重新高考，任何一条途径都不是我们堕落下去的理由。

可是现实中，似乎很少有人愿意去改变，因为在他们看来，改变的代价实在是太大了，包括大家会用同样的心理去面对以后的工作、婚姻。大学里的浑浑噩噩，导致找工作的时候不是我们挑工作，而是用人单位挑我们，能有一个用我们的工作单位就谢天谢地，哪里还顾得上喜欢不喜欢？

或许在某个深夜我们会独自想，自己的人生到底是哪一个环节出了差错，为什么总像是被什么牵着走。结婚的时候也没有嫁给爱情，而是嫁给了将就。

所以，要想人生不后悔，改变要趁早。

4

而关于自己的大学和专业及之后的工作，我有几点心得想要分享。

大学的选择尽量选一些经济发达的城市，这样就算有一天对大学不满意了，这个城市还可以给我们提供各种各样的平台和机会，那是真正可以实现自我的地方。

如果精力允许的话，可以多到社会上去历练一下，因为我们总有一天都是要面对社会的。

专业要尽量选择自己喜欢的，如果自己不喜欢的话，专业课是很难听下去的，最后也不会取得特别好的成绩。也不要听信什么大学里成绩不重要的话，在各项评选中，成绩永远是最重要的一项，它评判的并不是一个人聪明与否，而是你对待学习的态度。

所以选专业的时候最好不要马马虎虎，也不要让其他人为自己做决定，而要真正地安下心来做一些分析，选最适合自己的专业方向，并且有热情在这个方向上付出自己的汗水和努力。

而我们的工作可以多次跳槽、多次尝试，多去不同的公司了解他们的企业文化，但工作的领域最好不要换，在领域方面保证自己的垂直度，因为三五年之后，我们再去应聘的时候，对方看的是你在某个行业内的经验，我们可以说我做这一行五年了，这样积累的经验可以去做管理者，而不是一切又要从头开始。

这些都是我们人生中的一些大事，如果我们的人生不想被别人肆意篡改，那就要自己担负起对自己的责任；就算无奈之下被别人篡改了，我们也一定要有重新将其改回来的勇气，停止抱怨，寻找新的人生方向。

把痛苦化为动力，才会真正成长

听说人在回忆过去的时候，难免会有选择性失忆，我们把不愿意触及的经历忘记或者淡化，那是自我保护的一种方式。

我有一个读者，在微博私信里给我发了很多条消息，用一些不怎么连贯的话告诉我她的故事。她年纪并不大，二十五岁，但已经患上了轻度抑郁症，每天都要靠医生开的安定才能睡着觉。她告诉我她的人生很痛苦。

“发生什么事了？”我有些小心翼翼地问她，心里已经做好了许多准备。

但听了她的讲述还是觉得有些吃惊。她刚毕业开始工作的时候，受到了上司的性骚扰，她毅然决然地辞职后又遇到老公出轨，人生一下子跌入了低谷。没找到工作之前，她暂时住在自己的姐姐家，但受到姐夫细心的照顾后，她发现自己爱上了姐夫，受到各种指责的她不得不离开她熟悉的城市，只身一人来到陌生的地方重新开始。

她给我发那些消息的时候，正是她在陌生城市生活的第六天。

我知道她的人生在某一个时刻已经完全褪去了光华，只剩下了粗鄙的底色。

“我好想失忆，忘记这痛苦的一切。”这是她发给我的最后一条。这是许多人常说的一句话，但我们都知道，很多事情是根本没有办法忘记的。而且作为一个人，我们不能够粉饰或者回避过去，那样永远都没有办法面对真实的自己。

在青岛的海边经常有人卖珍珠，甚至还会有活蚌取珠的摊位，有一次外来的游客问老板，珍珠它是怎么形成的啊？我刚好路过，于是就听了听。

那位伯伯可能常年在海边的缘故，经过风吹日晒后，皮肤有一些粗糙，但是他讲起关于珍珠的故事，语气里却带着感慨，我猜想他可能卖珍珠卖了许多年。

他说贝壳在海里一张一合的时候会不小心吸进海中的泥沙，泥沙与它的肉身摩擦的时候它会产生疼痛感，因为疼痛，所以贝壳会不自觉地分泌自身的液体，于是，“明月之珠，蚌之病而我之利”，也就是常说的那句蚌病成珠。

这是我第一次听说对珍珠可以有这样的解读方法，听完伯伯讲完的这个故事后，对珍珠肃然起敬。

当我们喜欢一粒珍珠的个头和光泽时，有没有想过它曾经是海中的一粒沙尘，而沙尘越大，蚌越痛苦，这颗珍珠才越珍贵。人生也是这样啊，所有不美好的经历都不算什么，与其将它们相忘，不如将其变成自己的养分和勇气，变成经验和智慧。

我把这个故事讲给这个读者听，告诉她我对痛苦的理解，其实很多时候没有必要一定要忘记那些痛苦，而是要学会把那些痛苦分解掉，分析事情的起因、经过和结果，让那些坏的转换成好的，让它们变成自己内在的养分。

当然最重要的，是要学会和过去握手言和。

其实我们遭受的很多痛苦并不可怕，可怕的是我们没有正视痛苦的勇气，只想着逃避，而当有一天我们都能像水蚌那样，把泥沙变成珍珠，把痛苦化为动力，那样我们就会真正成长。

我把这些体会给这位读者发过去后，很长一段时间里，微博上面都没有已读的字样。因为心里总是惦记着，所以隔三岔五地就点开看一看，但始终没有收到任何回复，我只能在心中默默祈祷。

就这样过去了大半年，久到我快要忘记的时候，读者重新发来了消息，她已经找到了新工作，拥有了新朋友。关于之前的事，每当她回忆起来的时候还会心口一紧，但已经不再折磨自己了。相反，有了这些不愉快的经历，使她在选择下一份工作和下一任男朋友的时候，都更有经验。

她现在学会了控制自己的感情，不再因为姐夫对自己的好，就爱上对方，而是把自己当成唯一可以依附的人。

得知读者现在的状态后，我会心一笑。

我们的一生有那么长的时光，那些觉得天塌下来的时刻，不过是漫漫人生中一个不起眼的小水渍。我们该如何振作，又该如何涅槃重生，如果我们的经历都自动生成一本书，我想那都会是一本珍贵的回忆录，在上面会清楚地记录着：我是谁，我将成为谁。

越自律才能越自由

1

我第一次对“自由”这个词有深刻的体会是在高中，那时每天都在睡不够中挣扎。

上高中那会儿，我是走读生，每天都是匆忙地赶回家，然后再匆忙地赶回学校。记得某一个冬日的中午，阳光热烈而温暖地倾洒在我房间的床上，我扔下书包就扑了上去，感觉像是被谁拥抱着一样。

当时我有些感冒，脑袋昏昏沉沉的，头刚碰到枕头就睡了过去，但睡了不到半个小时就必须起来，软软的床褥和暖烘烘的被子，再加上因为感冒而有些迟缓的大脑，起床这件事对我来说，突然变得比人溺水还要可怕。

那些想睡觉却不能睡觉，不想起床却必须起床的时刻，让我开始对自由无比地向往，我在心里默默期许，一定要考上大学，那样每天就可以睡到自然醒，因为高中老师告诉我们，上了大学就轻松了。

结果让人大跌眼镜，大学竟然还要跑早操，还有早自习和晚上选修，起得并不比高中晚，而且本以为的一节课其实相当于高中的两节课，它是连在一起上的。

那些在大学挣扎着起床的时刻，让我们深深感觉到被高中老师骗了。说好的逃课呢？说好的可以睡觉呢？说好的玩手机呢？看着黑板上那些比高中还难的知识点，徒留我们在风中凌乱。

上了大学还是会有开不完的会，上不完的课，睡不够的觉，很多时刻都会身不由己，它的自由也只是相对的自由，与我渴望的自由大相径庭。

于是，我又开始默默下定决心，以后一定要成为一个自由职业者，任谁也不能再阻挡我对自由的追求。

2

有了这个想法后，我开始不自觉地关注自由职业者这个群体，去了解他们的生活，我发现跟自己想象的还是有那么一点不同。

我认识的第一位自由职业者是一个辞职后专门写公众号的姐姐，她有时会在朋友圈发动态，都是一些在不同地点拍下的她正在工作的照片，以极其慵懒的状态抱着一台电脑。我心里别提有多么羡慕了，这个世界上竟然还有这么轻松而又愉悦的生活。

但她告诉我，自由职业者其实并没有看起来那么自由。

所谓的自由职业者，只是不需要像许多人那样朝九晚五地坐班，不必把精力耗在各种流程和不必要的配合上，你的时间都可以自由安排，但自由职业者的工作量却没减少多少，反而总有做不完的事情。

它可以不限定你完成的方式、完成的地点，但也是要规定你完成的时间和质量的。那位姐姐每天都需要更新一篇，虽然没有上司的监督，但她要自己监督自己，所以还是存在很大的压力的。

无论我们多大年纪，都等不到绝对的自由，所有的自由都有前提，或许是金钱，或许是健康，或许是每个人都很难做到的自制力。

3

而我的自制力从小就很差，学习的时候学一两个小时就会累，我经常做做数学题后就偷偷看起了小说，背一会儿英语单词，就要打开电视看。尤其是越到考试的时候，就越忍不住玩耍，在做试卷之余觉得翻翻报纸都那么趣味横生，更别提好看的电视和小说了。

干扰自己的东西实在是太多，好看的报纸，好吃的零食，好玩的游戏，舒服的沙发和被子，我觉得每一个都能成为我学不下去的理由。于是，一边怀着罪恶感，一边做那些充满诱惑力的事情，最后的结果通常是玩也玩不好，学也学不好。

在自制力这一点上，我很佩服自己的父亲。他管理工厂财务的时候，可以一个人一动不动地坐一晚上，任凭我和母亲把电视开到多大声，都不会受到影响。

那些密密麻麻的数字像极了我讨厌的数学题，我问父亲："一直算账不累吗？你不想休息吗？"

"做完再休息也不迟啊。"他说道。

那一刻，我觉得父亲工作起来好认真啊。

我没能遗传父亲那么好的自制力，但为了以后能达到做自由职业的目标，我刻意锻炼过自己的自制力。后来，我的自制力也提高了不少。如果没有人给自己的生活上根弦，那就要自己上根弦。

规定自己在什么时间必须做完什么事情，规定自己今日事今日毕，不能用任何借口拖到明天。印象最深的是大一，当时学院里布置了许多工作，需要班委统计一些信息，本来我计划着应该下午就完成，但因为中午玩手机、刷微博的时间长了一点，导致睡得晚，所以醒得也晚，浪费了大概有三个钟头。

结果，我那天下午没有完成工作，晚上上课、开会，从办公室回到宿舍的时候已经很晚了，洗完脚后就特别想钻到被窝里睡觉，但想起自己说过的今天的事情必须今天做完，只好拉上厚厚的帘子，把台灯打开，继续工作。

那晚大概工作到了两点多钟，感觉整个眼睛都睁不开了，又是冬天，手露在外面特别冷，我不得不把手放在嘴边哈一哈气然后再继续工作，裹在被子里的脚也不断冒着冷汗，浑身都很难受，我用这样的惩罚告诉自己，一定要长记性。

从那次以后，我很少因为刷剧、刷微博而耽误了工作，所有的娱乐活动必须等到工作完成后才可以。

只有严格要求自己，才能让时间发挥最大的作用，也才能为自己争取最大的自由。

4

就这样，我为了自己心心念念的自由，付出了很多努力，尝试着各种不同的工作，跟很多老板谈判，我可不可以不坐班，理由是节省办公室资源，并且保证开会的时候一定到场，工作按时按质完成。

我并不比全职的那些人工作少，也并不比其他人更为轻松，我常常工作到深夜，为了一个策划案冥思苦想。看着那些虽然全职但工作轻松的人，我也羡慕过。

记得有一次，一个朋友给我介绍了一个稳定的工作，负责他们公司的文学板块，每天找一篇文章编辑一下就行，虽然需要坐班，但工作很轻松，很适合我这种喜欢写作的人。花一两个小时完成工作后，我还可以码码字，周末双休，五险一金都有，并且工资可观。

那一刻，我承认自己真的动了心。我的思绪飞速运转着，在脑海中权衡出利弊：如果我做着那份稳定的工作，可能暂时轻松了，但少了许多可以历练的机会；我如果做着自由职业，虽然很辛苦，却会提高自己各方面的技能；而且我积累得多了，可能会有量变到质变的结果，会有更高的自由度。

纠结过后，我放弃了那份很难得的工作，而是选择成为一名很多人都不看好的自由职业者，经历了一些起起伏伏，也不觉得后悔。

这是我热爱的生活，我也努力将它过成我喜欢的样子，我每天可以睡到自然醒，可以拿出几个小时的时间来玩耍，当然令大多数人最羡慕的是，我可以随时来一场说走就走的旅行。

我们每个人都面临着众多选择，看你想要什么，又能付出什么，相信我们所有的决定都能朗月照花，静水微澜。

对一份可以磨掉你最初棱角的工作说不

办公室里，她问我："到底你是老板还是我是老板？是你给我开工资还是我给你开工资？"我站在她的身侧，有点站不住的样子。

看着气氛越来越僵化，我赶忙认错，不想再继续和她争论下去："对不起，是我对自己的定位不准确。"

她用手摸着额头，无奈地笑了笑："为什么每次我给你布置任务，都要跟你解释这么多？你就照做就好了，我让你这么做肯定有我的道理。"

"对，可能我刚从学校出来，还不太适应这种方式，以后我知道了。"

"那这权当给你上的职场第一课。"

坐在转椅上的那名四十多岁的女人是我合作的老板之一，虽然接触没几天，但是印象深刻。她喜欢穿运动装，说话轻声细语，性格有些专制，所有的一切都必须按照她的想法来，我们一旦提出不同的建议，她第一先否定，第二会说我们浪费了她的时间，所以渐渐地，大家都不再说话，她说怎么做就怎么做。

公司氛围压抑，大家大气都不敢出。某天夜里，我和同事小妍加完班回家，她轻叹一口气："其实我刚来的时候和你一样活跃。"

小妍的专业是新闻学，比我早毕业一年，一个月之前，她就来到了这家公司。在这之前，她也接触过新媒体。刚来的时候，她思维十分活跃，有很多不错的点子和主意，但是被老板不断否定之后，就很难再提出自己的想法了。

"你起题目的时候不要带着地名和陈述内容好不好？这样谁喜欢看呢？有人会点开吗？"但是一转眼，老板自己就起了一个带着地名和陈述内容的标题。

"老板，你不是说不要这么起名字吗？"

"你不要这么古板，这个地名和文章内容本来就很有吸引力对不对？"

小妍跟我描述这些对话的时候，我在原地怔了怔，真是一个自相矛盾的老板，如果想弄懂她的喜好和风格，还真不是一件容易的事。

小妍准备领完这个月工资，年前就辞职，但我当时隐隐约约地知道，我可能比小妍早一步离开，就算这个项目前景不错，我也不准备和老板继续合作了。

第二天我们一起开会，在开会的过程中，小妍只是在老板讲话期间张了张嘴巴，我们其他人都没有注意到，但是老板注意到了，于是她停下来看了小妍一眼说："不要张着嘴巴听我讲话。人在张着嘴巴的时候，大脑神经是不闭合的，这样不能使注意力集中。还有，你们也一定要注意，听人讲话的时候一定要闭紧嘴巴。”

紧接着，老板又布置了一些任务，象征性地询问我们的意见：“这样可以吗？”

我和小妍纷纷点头说：“可以。”

“你们不要说可以，你们要说好的，这个味道都不一样，说好的，也会体现对我的尊重。来，再来一遍。”

我和小妍异口同声：“好的。”

这些无厘头的规定，在我待在公司的那几天已经见识到了不少，起初我会以为这是公司文化的一部分，代表纪律和效率，但是后来我渐渐发现，这些规定并没有起到什么积极向上的作用，仔细想想，觉得挺搞笑的，我待在那里觉得越来越不快乐，做什么都是错的，身上像有个什么东西一样一直束缚着自己。

这样的情绪积攒到一定程度就会觉得实在没有合作下去的必要，当即，我便决定要离开了，我害怕一份工作磨掉我最初的棱角。

或许跟着经验丰富的她会学到很多东西，对于工作上的方法，她也毫无保留地教给了我们，事事严格要求我们，希望我们有一天会代替她带新人，但是我不希望自己将来变成她的样子，不想盛气凌人，不想高人一等，毕竟人没有高低贵贱之分，不是只有自己的时间宝贵，所有人的时间都是无价的。

与这名老板有着鲜明对比的还有一位，对方也是四十多岁，喜欢佩戴简洁的耳环，化淡淡的妆，谈吐十分温和。我是从大三开始跟她合作的，负责他们公司的新闻撰写和宣传方面的工作，每次我去工作的时候，她都非常客气，像“辛苦你了”“谢谢”之类的话一直挂在嘴边。所以我很喜欢为这位老板做事情，有时候因为改一个东西忙到很晚，也不会有怨言。

“小曹，你真好，又让你给我改到这么晚，真不好意思。”一句很简单的话，却让听的人心里很温暖。

我明明不是公司的正式员工，可过节的时候，老板还是特意开车过来给我送月饼和其他的福利，让我受宠若惊。

领导之道，领导的是人心，人心所向，大家才会心甘情愿地为一个公司出力，真心地为公司着想。靠工资和利益维持的关系永远都不会长久，任何一个老板都会给我们工资，但不是任何一个老板都会给我们尊重。

所以一个企业要想留住人才，可能是心，而不是薪。

正值大四，同学们大多找好了工作，我们在一起交流的时候，总不免吐槽各种奇葩的老板和同事，就像起初吐槽老师一样。但是交流过后，才知道每份工作都不像自己想象的那个样子，总会有不完美的地方，或许是劳累的工作内容，或许是不好相处的同事，或者是无法忍受的上司，这是我们每个人的必经之路，面对生活的压力，我们不得不低头。

可是又有谁规定过，我们不能让自己变得更好，让自己有选择的权利？

Chapter 3

你不是平庸，只是没发现自己的潜能

“三分钟热度”未必是一件坏事

1

双子座的我从小就被父母批评三分钟热度，做什么都心血来潮，仿佛一阵风，来也匆匆，去也匆匆。

小时候想学画画，觉得别人画的水墨山河气势磅礴，我也想画成那样的一幅画，于是兴冲冲地买纸买笔，去报班学习，但都已经学了三天了，纸张洁白如初，老师还在一直教我们怎么拿笔；已经第七天了，老师仍然教我们在纸上画点，感受下笔的每一次力度，说什么学国画一定要练好基本功。我就像泄了气的皮球一样，失去了热情，嚷着不学了不学了，跟我想象中的一点都不一样。

很多年以后，我收拾东西，翻到了当初已经干涸的颜料，突然破涕而笑，这是我三分钟热度的第一件事。

第二件事应该是有一阵迷上了手工。小时候，女生都爱玩编手环、折千纸鹤之类的，我也不例外，于是心里幻想着叠上一千只千纸鹤挂在房间里，从此我将住在千纸鹤主题的公主房里。于是一摞一摞好看的纸都买了进来，一根一根穿纸鹤的五彩线也都选好，但叠了还不到一百个的时候，就开始厌烦这重复而机械的动作了，于是那盒花花绿绿的纸，外加铃铛、雪花片的装饰品又被我束之高阁。

还有十字绣、陀螺、滑板，许多看别人玩起来好玩的东西，而自己买了没几天就不喜欢了。我父亲经常教育我，做事贵在坚持，否则人将一事无成。虽然他嘴上这么说，但还是宠溺着给我买了许多想玩的东西，也应允我去学我感兴趣的技能。

至少我在说“爸爸，我想学那个”的时候，我眼里是闪着光的，那是多么珍贵而又充满希望的光。

我小时候学过古筝、钢琴，练过毛笔字、舞蹈，但都没能坚持下来。我看到了别人学成后的成就，却没看到他们练习过程的艰辛。

2

在成长这条路上，我就这样一直半途而废着，什么都会一点，但什么都不精通。不过这并不是什么可怕的事情，我的父母一边在嘴上批评着我，又一边在心里默默支持着我，在他们看来，只要孩子喜欢，多接触一些技能不是坏事。

他们容忍我的半途而废，也容忍着我的三分钟热度。当然我想写的是：正是在这一个个三分钟热度中，我找到了真正热爱的事情。

一年级的某一天在家看电视，有一部电视剧是以日记的形式开头，我心血来潮地对父母讲，从今天开始，我要准备写日记了，我想要一个好看的日记本可以吗？

母亲深知我的性子，以为我肯定坚持不了几天，所以也没将我的话放在心上，只是随手给了我一个本子。本子很厚，大约有两厘米，我用铅笔在上面郑重地写下了第一个字，没想到，从此开启了我的写作之路。

刚开始写的日记很短，大半都是拼音，我一笔一画地写起来很吃力，感觉并不像电视上演的那般，行文流畅而静美，但是很奇怪，即便是那样，我也没有丝毫要放弃的念头，反而越写越有成就感。

每写完一篇，我都站在客厅里大声地朗读给父母听。就这样慢慢地坚持下来，从来都不觉得写日记这件事情写起来枯燥而乏味，反而觉得写日记是一件特别神圣的事情，开一盏灯，翻一页纸，迎接一天当中最静谧而安心的时刻。

那个时候还不懂得反省是什么，日记当中大多是记录一些感动还有开心的事情。通过写日记，我似乎为自己的生活填上了许多更为温柔的细节。

二年级快上完的时候，我用完了那个两厘米厚的硬皮面本，上面承载的是我密密麻麻的成长记录，也是我辩解自己不是三分钟热度的最好证明。

以后的每年生日，母亲都会送我一个厚厚的本子，我也都如期写完。

3

另一件可以证明我并非真的三分钟热度的是摄影。

大学一年级的某一天，我看到了传媒学院某位学姐拍下的照片。她的照片上拍了旧房屋的一角，画面中是泥土的地面，一株绿色植物从墙缝里钻出来，窗外的阳光刚好打在它的叶子上，很简单的取景，却有震慑人心的力量。我似乎都能嗅到照片里尘埃的味道，同时更感受到了希望。

原来一张小小的照片可以表达这么多的东西，我又心血来潮了，想买单反学摄影，我也想拍出有意境、有思想的照片，趁着那股热乎劲，用刚攒下的稿费入手了一台单反。

摄影并不好学，我刚拿到手的时候兴冲冲地去拍夜景，结果镜头里黑乎乎的一片，什么都看不清。白天也好不到哪里去，拍出来的照片还没有手机拍的好看。

摄影哪有这么好学？光是快门、光圈、感光度就足以让一个摄影初学者焦头烂额了。无论什么事情，初期都是最难的，照以往我三分钟热度的习惯，可能又到了要放弃的时候了，但是很奇怪，相机虐我千百遍，我仍然把它小心翼翼地挂在脖子上当成宝贝。

为了学好摄影，我去别的学院蹭课，找朋友来教我，一有空就到校园里去练习。记得当时已经到了夏日，我在外面一直拍到了傍晚，蚊虫肆虐，而为了对好焦找好角度，我竟能在花园里一动不动，直到拍完后才猛然发现，脚踝处早已红肿一片。

学摄影的日子也算是刻苦认真，每一天也都算是收获满满，通过自己的多学多练，没用多长时间便上手了。就这样，摄影这件事成了我人生的一个标志，它是我第二件没有半途而废的事情。

4

对我而言，那些三分钟热度，让我对外界的很多事物都充满了尝试的欲望，而之所以很多事情半途而废，不过是我还没有找到真正喜欢的事情。

倘若遇到了一件自己真正热爱的事情，是可以克服所有困难和枯燥的。我有一个三分钟热度的朋友也是在有一天心血来潮地想买拼图玩，就在我嘲笑她绝对拼不起来的时候，她竟然拼起来了，并且之后爱上了拼图，可以聚精会神地趴在地上玩两三个小时之久。

拼图这件事在我看来多么费力而又乏味，但在我朋友眼里却好玩而有趣，这也许就是爱和不爱的缘由。

我常常听到一些人自我批评时，提到自己有三分钟热度的缺点，但我从来没有把自己的三分钟热度看成是一个缺点。我觉得，但凡那些觉得三分钟热度是缺点的，是因为没有在众多的三分钟里遇见自己真正喜爱的事情。

许多小孩子都三分钟热度，今天想学琴，明天想画画，后天玩起了小汽车丢掉了风筝，很多家长都会责怪他们，告诉他们这是不对的，做一件事情就应该要坚持到底才行，所以拒绝给孩子报新的辅导班，也拒绝给他们买新的玩具，于是在各种拒绝之后，小孩子就一直重复着自己不喜欢的事儿了。这样，孩子丧失了许多接触新事物的机会，那些在他们脑海中一闪而过的念头，还没来得及尝试一下，就被扼杀在一分钟前。

长大后也是这样，一些人觉得自己肯定又是三分钟热度了，所以当想法还没成形的时候就扼杀掉。在我身边的很多人，他们都不知道自己的兴趣和热爱所在，不知道自己喜欢什么、擅长什么。我曾经告诉过我的朋友，你一定要多去尝试啊，多尝试一些事情，有了比较，自然就会找到所爱了。

“还是算了，我肯定坚持不下来。”这是一位朋友的原话，我当时就很激动，我心想：你都没有试过，怎么知道自己就坚持不下来呢？很多事情，只有大胆地去尝试，才能知道自己喜不喜欢，适不适合。

5

所以心血来潮并不可怕，可怕的是，有一天你不再心血来潮了。你已经开始习惯重复而单调的生活，这样的生活保险而轻松，但你也会羡慕那些有自己兴趣的人，你觉得那样的生活似乎比自己的生活更有光彩。

但你不知道的是，他们为了找到这件热爱的事，也付出了很多的努力，不是每个人生下来就知道自己喜欢什么的。

我们都是在不断地摸索、不断地比较之后才知道自己可能更适合做什么，因为做的时候，自己最快乐，就算没有人督促，也可以循着内心的热爱将它完成得很好。

直到现在，我仍然保留了我“三分钟热度”的性格，看到感兴趣的，仍然心血来潮地去尝试一下。我心血来潮地去学速录，也心血来潮地报了服装设计班，我突然觉得以后做旅游这块应该不错，或者我希望自己成为一个婚礼策划师。

我不希望自己才二十岁，就早早地被定型，从此在一间小屋子里过着一眼就可以望见尽头的人生。在这个星球上有万千职业，万千事情可以去做、去探索，在这个领域可能一事无成，但说不定另一个领域我就可以大放光彩。

我们的一生其实很短暂，意外和明天也不知道哪个先到来，所以不要委屈自己，感兴趣的事情就立刻去做吧，不要害怕因为没有坚持而浪费了自己的时间和金钱，你所做的这些事情都延展了你的生命。

哪怕最后一事无成也没有关系，我们在与自己相处的过程中也是很开心。

6

打一个不恰当的比喻，这就好比是爱情，你遇到了很多人都没有怦然心动的感觉，但说不定哪天就会被某个人俘获，整个世界都为他大开，那是真爱所在，你告诉许多人："没办法，爱他嘛。"

真正到了那个时刻，就专心地去做这件事吧，因为热爱，所以钻研，成为这个领域佼佼者的概率会很大。如果你真正喜欢一件事情，做起来是不会感觉到累的，那是一种无法言说的奇妙感。

我理想中的社会，应该每个人都能选择自己喜欢的领域去工作，在工作中发挥最大的热情和潜能，而非机械地劳作，每个人都做精做细做深，以此最大限度地推动整个社会的发展，这才是最合理、最理想化的分工。

找到自己喜欢的事，比什么都重要。

勇敢主动会让你获得更多机会

1

生活中总是潜伏着大大小小的机会，而很多人能够抓住机会，可能仅仅是因为他比别人多说了一句话。“脸皮厚”一点，勇于攀谈，不见得是一件坏事。

也许是我从小做班干部的原因，我很少有害羞的时候，遇到问题特别敢于表达，也敢于说。有一次我和朋友一起到街上的小店闲逛，其中有一家店面特别文艺，里面摆满了女生喜欢的瓶瓶罐罐，而且店里面摆了做沙画的专业器具。我的朋友平时最喜欢玩沙画，但是很少有那样的条件。

朋友看到这家店后，两眼放光，伏在我身边小声说道：“好喜欢啊，要是能来这家店做兼职就好了。”

“你来啊。”我随口回了她一句。

朋友瞅了瞅老板跟店员，暗自咽了下口水，意思是店里已经有人了。我们一人买了一个瓷质的挂件便离开了，但直到我们走到街角处，朋友还心心念念着店里的沙画。

看到这儿，我拉着朋友的手重新回去，问了一句：“老板，你们这儿招兼职吗？”

“不招。”

“那旅游旺季人手不够的时候呢？”就这么跟老板聊了几句，我说我的朋友很喜欢店里的沙画，老板考量了一会儿，最终同意朋友来做兼职。就这样，从那以后，朋友就可以经常接触沙画了，她的技术越来越好，现在的她还把自己的沙画作品录成视频发到了网上，收获了不少粉丝。

朋友常常感慨，如果当时不是我拉着她回去找老板聊，恐怕她永远都没有这样的机会，她说像她那样的性格，是不敢开口问的，每次都有一大堆理由阻止她开口。可是要知道，机会一直都是自己争取的，不要碍于面子而错失了大好的机会。

2

我有一个朋友的事情则恰巧相反，他去许多店里经常被免单，我一直以为他在吹牛，直到我们某次一起去了一个陶艺店。我们全副武装后开始制作属于我们自己的陶瓷，他要做一个杯子，而我想做一个碗。

店里生意不那么火爆，老板闲暇时就转到了我们的身边，给我们亲自指导教学，朋友就跟老板聊上天了。

朋友说他去过很多的陶艺店，这里给他的感觉最舒服，却是生意最不好的一个。他讲这些话的时候，老板很感兴趣，连忙问了一句："你有什么好的建议吗？"

这时，我朋友凭着他的经验，以及对这家店的感受谈了谈自己的想法，其中有几条特别在点上，我和老板听后连连赞叹。

就这样，老板当场就给我们免单了，并且对朋友说："你以后要常来啊！"

出门后，我用极其惊讶的眼光看着我的朋友，表示不可思议。他一脸的习以为常："你不要一副得了便宜的表情好不好？我的创意可是无价的。"

朋友的这些举动，也是"脸皮厚"很好的证明，他担着对方不会理他的风险，主动跟对方聊天。通过自己在日常生活中的总结和观察，身为一个去过许多家店的顾客，更能站在客观的角度对每个店进行比较。他勇于跟老板交谈，也勇于说出自己的想法，同时，在这样的交流中，也是自我学习的过程。

3

还有一件发生在我身上的事值得一说。有一次，一家企业同时给我们十个人发了招聘信息，是一个新媒体运营的岗位，我觉得自己很感兴趣，于是便拨了号码过去。

在聊天中，我问了对方的具体要求，对方也问了我的相关信息。我和经理聊得很好，他叫我第二天去面试。等面试成功的时候，经理才跟我说，在十个人里面只有我主动打了电话过来，其他人不是发短信就是发微信，他没有那么多时间一条条回复，很多时候，企业都会喜欢像我这样主动的人。

那个被你羡慕的胜出者，有时仅仅是因为他比别人多说了一句话而已。

那句“会哭的孩子有奶喝”的俗话，正是体现了表达的重要性。如果不哭，没有人知道我们饿了，没有人知道我们不舒服，没有人知道我们可能生病了。只有说出来，你的需求才能被看到，进而得到你想要的。

同样的道理，长大后，我们要“脸皮厚”一点，敢于说出自己的渴望，我们想要什么，我们希望的是什么。很多时候，我们想要的东西唯有自己积极争取才能得到，不会有人主动送到我们面前，如果我们不好意思，那就是别人的了。

很简单的道理，企业不好意思要账，资金链就会断了，运转困难；男生不好意思跟喜欢的女生表白，她可能会被其他男生抢走；我们不好意思道歉，一段关系可能就从熟人变成陌生人了。

主动一点，确实会需要很大的勇气，但我们如果不主动，最终后悔的是我们自己。

你不是平庸，只是还没找到自己的长处

我有一个每天开口闭口都是娱乐新闻的姐姐米丽，我从不叫她姐姐，而是叫她米粒儿。她从大一到大三一直都沉浸在娱乐圈的帅哥靓女里无法自拔，好像明星八卦是她最爱的下酒菜一样。

直到大四上学期她才开始忧虑："完了，老妹，我已经虚度了这么多年光阴。"当时，我刚上大一，考到了她所在的大学。

她一个人闷闷地坐在校园的一处椅子上，脸色沉郁，像是完成一项重大而又肃穆的仪式。

我坐在她旁边安静地看着她。她个子不高，样貌平平，学习成绩不好，也没什么特长。照她自己的话来说，她是一个丢在人群里永远都不会被发现的平庸少女。

过了好一会儿，她特别郑重地跟我说："缦兮，你文笔那么好，在报纸上给我发一份来自平庸少女的求救文吧。"

我看着她的样子，哭笑不得。

其实不仅仅是米粒儿姐，我们这些有大把时间的大一新生，同样对未来感到迷茫，我们更不知道自己有什么优点，将来能做什么。

有一句话说得好，生命的本质是成长，成长的目标是成为自己。

而自己，到底是谁呢？

米粒儿有一个优点倒是不错，她是一个行动派，自她感到危机之后，她便四处搜罗着信息，当然在我看来都是些无用的信息。比如我们在某个城区看见售楼广告，她也要打个电话问问人家房价，她说："既然不知道自己将来要做什么，那就多接触一些外在的信息。"

我对她的话嗤之以鼻。

她把双手往腰间一插："哼，有一天一定要让你对我说的真理深信不疑。"

后来，米粒儿真的做到了，几年过去，她已经混成了明星经纪人，而成就她的竟然是微博上的一条消息。

因为喜欢明星，所以她关注了至少几百个明星，包括什么编剧、导演、经纪人一系列感觉离我很遥远的人。

而有一天，她刷到一条消息，是一个N线小明星在微博上发的一条要招聘助理的启事。

她抱着试试看的态度报了名，因为她实在不出众，面试的时候险些被刷下去，而救了她的恰是她这些年对娱乐圈透彻的研究。

就这样，她从端茶倒水一点点做起，因为跟的不是什么大腕明星，所以经常受气，但她还是很开心，毕竟已经成功混入娱乐圈。

后来因为她实在太了解这个圈子，所以很多事情做起来得心应手，又因为她十分热爱这方面，工作便格外出色了。

她说："缦兮，做了这行之后，我第一次觉得自己一点也不平庸了。"

我对她会心一笑："因为没有人比你更合适呀。"

我的姐姐米粒儿，几年前她还是个整天就知道窝在宿舍里看剧的花痴女，现在竟摇身一变，成了一名年轻的经纪人。

我的同学说米粒儿实在是太幸运了，在我看来其实不然，她只是善于寻找平台和机会而已，当然，她的积累也不可或缺。

邓布利多对哈利·波特说过一句话：决定我们成为什么样的人的，不是我们的能力，而是我们的选择。

知道自己要成为什么样的人，总会离成功近些。

说说我自己。米粒儿面试成功的时候，我刚刚大一下学期，仍未走出迷茫期，但我隐约知道一个道理，既然我不知道我喜欢什么，我能做什么，那么我就多接触一些事情。

什么解说啊，销售啊，策划啊，手工啊，我都做过，到处去浏览信息，但到头来，发现自己都不喜欢。

米粒儿说了句："你喜欢写文章，就当个作家呗！"

但喜欢写东西是一码事，能否成为谋生的工作又是另外一码事，起码你需要一个平台。

一开始我一点途径都没有，我用了最笨的方法，打开百度写了一行字：如何投稿赚钱。然后各种各样的途径就来了，贴吧、文字工作室，加了很多，上了很多当，也投过很多稿子和简历，悉数杳无音信。

但因为已经开始留意这方面信息，所以时间一长，渐渐也加了一些志同道合的朋友，也知道了很多正规的写作途径，比如杂志啊，写作公司啊。

现在新兴职业这么多，没有人是平庸的人，你只是没发现自己的擅长所在而已。

我有一个爱吃零食的同学，现在成了食物鉴赏师；那个爱看穿越小说的同学，现在成为一家游戏公司的剧本策划。这些别人觉得不好的小嗜好，有一天恰恰成就了他们。

他们并不是比你幸运，而是比你更了解自己，并且善于发现机会而已。

不仅要多花点时间提高自己，更要多花点时间寻找一个适合自己的平台。平台是你的翅膀，它会载着你抵达你想要的远方。

换个角度，人生中的很多不如意并非坏事

1

我上了大学之后，常常会想起以前穿校服的时光；想起之前每次考试都紧张兮兮地复习，面对背不掉的题目急得要哭；想起每次排成绩都盼着学校突然着火，烧了我们所有人的分数；想起每次开家长会都小心翼翼地去观察揣摩父母的神情……

我的大学同学在上了大学之后，也常常因为梦见高中数学课上一张数学卷子而吓醒。醒来之后，她才突然意识到，她早已脱离那样的生活很久了。

前十几年的时光里，每一粒时间的种子似乎都是跟成绩有关的，快乐的，难过的，前进几名，又后退了几名，成绩仿若自己全部的世界。我不止一次看着自己的试卷暗暗发誓，总有一天我会不再考试，考试什么的都去死吧。

终于，这一天到来了，我所认为的“好时光”到来了，大学里的考试有了开卷，再也没有多少人在乎自己的成绩，可我们又开始为其他的事情分神了。

旁边那位个子矮小的男生刚刚被喜欢的女生拒绝，女生直言不讳地告诉他：“你太矮。”身后那个戴眼镜的方头男生正在用手机上的计算器算钱，他刚刚被自己的合伙人坑了，努力了几个月，一分钱都没赚到。还有前面的那个女生，她一直被宿舍的其他人孤立，她不知道是哪里出了问题……

还有你和我。

有时候看看周边的人，我会突然迷茫起来，没有谁的生活看起来是那么容易的，总有某个部分充满了烦恼。

2

大四的某个雨天，我出门买菜，结果付钱的时候微信钱包提示余额不足，我当时就蒙了。

刚借的一千多元这么快就没了吗？

我一边打伞拿菜，一边查记录，手机多次沾水，我往衣服上蹭蹭后继续查，那一刻确实挺难过的。

没办法，只好再借钱。朋友很惊讶：“你确定你月入过万吗？你确定你买不起菜？”

当时我已经连续三个月入不敷出了，大四新学期的学费，我报名学习速录和摄影的费用，一个月的收入就没了；我在青岛市区的临时租房以及回到学校后的租房费，另一个月收入也没了（半年付）；出门旅行的费用，以及三个月的生活费，又一个月的收入同样花完。

这真是一个令人焦虑的时代，花钱的地方很多，赚钱的途径却很少，内心的欲望永远都没有办法填满，像一只小兽一样，在自己的内心张牙舞爪。

所以我有时候想想自己的生活，觉得并没有其他人看起来那么光鲜亮丽，我已经很久没有买过新衣服，手机和电脑卡了也还是一直在用，舍不得换新的。

可是换个角度看一看，我对于网上各种付费课程从不心疼，看到好的课程，总是毫不犹豫地交付全年的费用；我对好看的书籍也一向舍得购买，书橱里摆满了未看的书，却仍然改不了看到好书就忍不住要买的毛病；想去旅行的地方，也是说走就走。

哪怕没钱买菜了，我仍然用蚂蚁花呗在网上买了几百元钱的书，在快递到达的那一刻，突然觉得人生也没有那么糟糕。我在其他方面艰苦点没有关系，没有必要穿名牌，没有必要化妆，没有必要看起来那么体面，但该花的钱都不能省。

每个人的追求都不会相似，而我想要的体面是内心富足而充盈。想到这里，我不再难过，生活里虽然会接二连三地出现问题，像一地鸡毛一样，不知道该如何打扫，但有时你又发现自己别的东西或追求，你完全可以把一地鸡毛变成鸡毛掸子，去清扫生活的烦恼。

买不起菜的我仍然能捧着一本好看的书去丰富自己；被女生拒绝的男生可以在某个宣讲会上大放光彩；被合伙人坑了的

男生突然发现自己在某个领域很有天赋；被宿舍人孤立的那个女生却是舞会上最受欢迎的人……

这也许是打败烦恼和痛苦的一个办法，我们需要面对它，多换个角度想一想，说不定在其他方面可以活得很好，也更有意义，再也不必抓着烦恼不放。

3

我认识一位老板，他每月都会做公益，有时候会叫我去帮忙，其中一次是去看望一群智力上有点缺陷的孩子。

在那个不算太大的园子里，我注意到了一位正在择菜的老师，她很年轻，穿一件有镂空花瓣的裙子，裙角上还绣着一朵精美的花，让人看起来心生喜悦。

她端着择好的蔬菜起身，看到我之后冲我友好地笑了笑，我上前一步说："我帮你吧。"

"好啊。"她很爽快地回答我。但当我们一起去厨房的时候，我才发现她走路有一点跛。我本以为自己掩饰得很好，没想到她仍然察觉到了我的注视，她主动告诉我，她很小的时候就这样了。

和陌生人聊天，我很怕这样的话题，一是不知道该如何对答，二是很害怕勾起对方不美好的回忆，但是她向我说这件事的时候，却非常习惯，就像聊晚上的晚饭一样自然，并没有流露出特别的情绪。

她的确是一个身体上有残缺的人，也有旁人想象不到的不容易。我见她并不介意，于是也直言不讳起来，我夸她心态很好："我觉得你是一个特别快乐的人，我们不过接触了短短几分钟，你的快乐就感染了我。"

她告诉我，她曾经看过一本书，书上说世上没有任何一个真正快乐的人会站在镜子前对自己说：我很快乐。

"那你？"

"那些真正快乐的人可能习惯于正视自己的痛苦，接受它，并且解决人生出现的一个又一个问题。"

她也曾长时间地处于悲痛和愤恨当中，但她有一天看见比她更痛苦的人，突然就意识到，很多人一出生就有缺陷，和常人不同，面对这样的事情，任谁都会深感无力。他们并不是因为做错了事情而遭受厄运，这些不公平好像与之俱来，而所有的责怪和怨恨都没有丝毫的用处，他们必须为这件事情负责，对自己的人生负责。

"我意识到这一点之后，开始打心底里接受我自己的缺陷，并且开始为我的人生做出努力。虽然我没有办法改变我的双腿，但我可以改变我其他的方面。就这样，腿部的烦恼变得越来轻微，而我在教育上取得的收获，让我快乐。"

如果这样想想，其实世界上的我们都是一样的，有人被忽视过，有人出过车祸，有人失去过至亲，有人生过大病，有人贫穷，有人不健康，没有谁的痛苦比他人的更苦一些，这些都是没有办法比较的事情。

可是我们仍然要背负着这些别人不为所知的伤疤和秘密继续前行，我们没有办法改变既定的现实，但可以选择正视和接受它的存在，并且尽可能地做出最佳的选择。

我们要为生活中所有的不如意负责。

4

而在严文华老师的书中，我还看到过一个十分有趣的观点。她说人生的缺陷很有可能是我们的机遇，正因为我们明白自己的缺陷，所以更清楚自己必须放弃一些东西。缺陷像一个标准，他们利用这个标准来给自己的人生导航，找到最适合自己的定位。而那些没有缺陷的人反而会迷失在众多的选择中。

这样想想，我们人生所有的不如意和困难似乎并不是什么坏事，只要我们能够勇敢地转变心态，总会看到人生新的希望。

每个人都有自己的活法，而你要有自己的标准

2014 年冬天，我站在雪落满地的操场上，第一次对朋友说出“我不同意你，但我誓死捍卫你说话的权利”时，我觉得我成长了。

周边寒风呼啸，太阳暖光四射。

1

大一时，我就是那个在讲台上大喊梦想的女生，我说通过自己四年的努力，一定会追求到自己想要的自由。

“我会从现在开始种树，相信在我的努力下，用不了多久，我就可以收获一整片森林。”说这句话的时候，我浑身都发着光，并非鼓励大家，也并非演讲，我不在乎台下同学的反应，因为这些话并不是对别人说的，而是对自己说的。

梦想好像就在自己伸手可以碰触到的地方。

所以我从刚上大学的时候就特别拼命，舍不得浪费一分一秒，连一些组织聚餐，我都是挤时间参加，其中有一次聚餐，我印象特别深刻。当时，老师请我和另一个同学吃饭，我们一

起去了学校附近口碑极好的一家小饭店。

香喷喷的肉端上来，我们还没来得及吃，我就跟那个同学吵起来了，我们从学校日常的生活中突然谈到了对人生之后的规划。

他说他就想毕业之后回老家，找个轻松的工作，无须太多的薪水，所以他大学就想好好玩一玩，做点自己喜欢的事。

“你是个男生呀，你怎么可以有这样的想法？年轻时应该去奋斗啊！你为什么要这样选择安逸？”我的声音里有很大的起伏，我想不明白他明明和我一样这么年轻，为什么却有了老年人的思想。

“你做事情的时候不要先想到它成功的样子，你要看你是否能承受过程里的痛苦。我觉得与其让我付出那么多代价和努力，还不如一开始就没有那么多期望，我同样可以过得很幸福。”他说。

“可是你应该到外面去见识更精彩的世界啊！为什么要把自己囿于一寸土地？”

老师饶有兴趣地看我们争辩，默不作声，我和男生争到面红耳赤的时候，老师还拿出手机来拍照。

“老师，你拍什么呀？”

“你们太有意思了。”

“什么有意思啊？老师你说，他这么想是不是不对？”

老师仍然只是微微地笑，对于我们其中任何人的疑问都不予作答，那个样子就像看着自己的小孩问一些又傻又天真的问题。

最后我撂下狠话，我对那个男生说："四年之后，你一定会后悔！"

他好脾气地笑笑，告诉我，他不会。

夜色很深，我和他并肩走在回学校的路上，虽然是一致的方向，但我们却势不两立。后来他经常发一些"人生快乐第一"的文章链接给我，我也经常给他发一些励志的文章，两人丝毫没有对自己的观点退让分毫。

2

就这样，大一的我有些心气高傲，坚决地把那些与我一样有理想的人归为志同道合的人，而对那些混沌度日的人不予理睬。

之后我继续参加社团，继续到校外参加实践活动，见识了各种各样的人。我见到为了生计不惜犯罪的人，见到为了亲人斤斤计较的人，还见到拿自己一小部分利益而换取更大利益的人。他们做的每一件事似乎都有因果联系，他们可以完全跳出这条因果链，还原那个完整如初的自己。

我突然意识到，这个世界上的很多事情根本没有办法用对与错来定义，除却黑与白，剩下的大部分都是不够分明的灰色地带。而价值观也绝对不是一朝一夕就能够形成的，它同自己的成长环境密不可分，在漫长的岁月里，每个人都形成了自己特有的标准价值体系。

在这个体系里，大家对快乐、成就、生活的定义统统都不一样。拿我跟我那个同学来说，我所认为的快乐是希望自己不再平庸，希望自己活得精彩，和别人不一样；而在我那个同学看来，他就希望可以平平安安地度过一生，与其花那么多时间付出，还不如每时每刻都享受快乐，他易于满足，也易于快乐。

在不同的评价体系里评论，很难说出谁生活的方式是对的，谁对于人生的选择是对的，标准变了，一切都变了。

而我们最容易犯的错误，就是拿自己的标准来衡量别人。

3

三年后，我和那个同学还有我们的老师又一次坐在饭桌旁，老师笑着问我们："这次不吵了？"

我开玩笑地说："懒得跟他吵。"

老师却突然发出感慨："只有年轻的时候会争论这些事情啊，都老了。"那一刻，我在老师的眼睛里似乎看到了时光流逝的痕迹。

我那个同学现在已经考取了教师资格证，目前正在准备他们家乡的公务员考试，他仍然喜欢安稳平淡的日子。而我开公司创业，也仍然精力旺盛、不知疲倦地折腾着，那根深蒂固的价值观影响我们至今。

但不知道从什么时候开始，我们早已学会了共存，学会了互相理解，更学会站在对方的角度上思考问题。这就是人生，每个人都有自己的活法，所以永远都不需要太在乎别人的看法，无论自己发生了什么，无论是喜悦还是悲伤，都不会有人与你真正地感同身受。

别人可以跟我们分享他们的人生，我们却没有资格去对别人的人生指手画脚、说三道四。

真正的快乐不需要让每个人知晓，真正的悲伤也只能在夜深人静的时候独自承担。

学会理解和尊重他人，强大自己的内心，是我大学四年收获最大的课程。

你羡慕别人的人生，就要像他们一样努力

微信上收到了花生给我发来的一条消息，她说，又和父亲吵架了。

花生与我同岁，都是山东人，也都留在山东念书，我们通过写作认识。大三那年，我和花生一起到北京开会，公司安排房间的时候，把我们安排到了一起，于是我们一见如故地聊了一整个夜晚。从那之后，我们的关系就一路攀升，即便是回到了自己所在的城市，也都没有停止联系。

看到微信消息后，我连忙给她回了一句：怎么了？

“还是那样呗，水火不容。”花生发来的语音，与此同时，我听到了重重的摔门声，花生告诉我，她父亲又摔门出去了。

“到底怎么回事啊？”关于花生和她父亲的事情，她之前就陆陆续续地对我讲过，她说因为自己当初高考没有考上父亲一直期望的名牌大学，所以她的就业与出路就变成了家里一个永恒的矛盾。

花生很想家，但又很怕回家，她怕她一回家，就会被父母拿去跟别人家的孩子做无休止的比较。然后，他们就会一直絮

絮叨叨地对花生说他们有多么大的期望，希望花生要如何努力才行。

她很害怕，害怕父母对她的期望太高，而自己又不能让他们满意。

这次吵架的源头还是因为这个，花生的父亲又来跟她说她应该如何学习，说别人家的孩子如何优秀。花生明知他没有恶意，还是跟他吵了起来。

花生大声说道：“你总是说别人好，那他们也不是你的孩子，我才是你的孩子。”

见过许多像花生父母这样的家长，总是无意识地将自己的意愿强加给自己的孩子，还会外加一句：“我这是对你好。”

我们都知道这是爱，但是爱的同时，也成了孩子们的压力。

花生一边哭着，一边给我简单地讲了一下经过，我轻声安慰了几句，她便去睡了。而关于之后的故事，是花生醒来之后对我讲的。

花生是在她父亲的开门声中醒过来的，父亲敲了敲她房间的门，然后扬了扬手里的东西，花生突然眼眶一热，那是她极为熟悉的甜品包装，她平日里最喜欢吃的零食。

花生下床出门嗫嚅着想要道歉，想要告诉她的父亲，其实她没有他说的那样不求上进，也想告诉他，刚刚是她不对，却不知道该怎么开口。

后来还是她的父亲坐在沙发上先开了口："成功真的不是那么容易的。"

"你很羡慕你大爷，他在法院这么多年。你以后也想考进去，是不是？"爸爸把小蛋糕打开，推到花生的面前，问道。

花生点头："是，我很想去。"

"你知道他是怎么考进法院的吗？"

"不知道。"花生一边说着，一边摇了摇头。

1988 年的夏天，花生的大爷高考失利了。那时的小村庄，一整个村下来，都不会出几个大学生。大爷是大奶奶家的长子，学习成绩一直优秀。花生的大奶奶和花生的奶奶在一块儿聊得最多的话题就是：咱们两家，什么时候出个大学生。

那时候老人们的心里就已经有了这种认知——考上大学才能去外边的大地方，才能有出息。所以那时候快要高考的大爷被大奶奶一家寄予厚望，但是大爷高考没有考好，也没有成为能让大奶奶引以为傲的大学生。

同年，花生的大爷爷在干农活儿的时候扭伤了腰，腰伤严重，不能干重活儿，大爷家还有弟弟妹妹，一家人的重担，就这样落在了大奶奶身上。

花生的大爷抹着泪想去复读，但大奶奶摇了摇头，家庭的情况已经不允许花生的大爷再继续读书了。那样的一种困境可能是我们这个年代出生的人无法想象的。据花生的父亲介绍，那个时候用白菜叶子拌着酱油就已经是很美味的饭了。

所以一家好几个孩子，连吃饭尚且如此艰难，哪有能力再供孩子读书呢？

花生的大爷就是这样，没能继续读书，而是去了附近的盐碱厂打工了，每天都做苦力活儿，扛着一大袋一大袋的盐，一个月下来，挣不到十元钱。

花生的大爷每天要扛的盐袋，就是现在的蛇皮袋，蛇皮袋里的盐很容易化，尤其是太阳晒着的时候，而蛇皮袋里根本没有用其他的小包装袋。

夏天的时候，天热，花生大爷的身上全都是被袋子划出的小伤口，那个时候也没有好的药可以涂抹，于是花生的大爷只能硬生生地忍着。满身伤痕，又因化了的盐浸到伤口里，那样的痛苦，没经历过的人可是很难想象得到的。

花生的大爷也曾想过退缩，但是他看着自己的父亲还在床上躺着，自己的弟妹还小，只好咬咬牙继续扛下去，只是不知道这样的生活什么时候是个头儿，他不想一辈子都干这样的活儿，他还是一心想要读书。

花生的大爷想方设法去借书，每天晚上从盐碱厂回来后就继续点着煤油灯学习，然后第二天天不亮又继续去工作，这样高强度的学习和工作整整持续了一年之久。

花生的大奶奶看着儿子这么辛苦，她常常倚在门边偷偷抹泪，也偶尔忍不住说，别学了，睡觉吧。但花生的大爷从来都不听，继续边干活儿边学。

那是一种旁人很难理解的信念，也是花生的大爷对美好生活的向往，他知道自己必须通过这样的努力才能达到一种更为理想的状态。

每个人都盼望着好，但并不是每个人都能承受住代价。

看到那么拼命的他，花生的大奶奶心里难受，已经人到中年的大奶奶每天都想着法子去谋生计，想多赚一点钱，攒一攒，看还能不能送花生的大爷继续去念书。

那就是当时很多家庭的常态，很多孩子想读书家里却供不起，但我们现在每个人都读得了书，却不想读书。

生活从来没有给我们抛下一张过于丑陋和可怕的牌，我们也时常忘却生活的不容易和艰辛，生活安逸了，便很少有人愿意去努力改变些什么。

很快，花生的大爷便迎来了一个好机会，法院要招人，他报名参加了考试。

当时花生所在的地方还没有被称为市，是一个县，花生的大爷考了县里的第一名。那时消息的传播还不像现在这么快，当家人跑着回去找花生的大爷时，他刚刚下班回家，正准备回房间里继续背书。

乍一听到这个消息，花生的大爷根本不信，直到看到了成绩单，才忍不住哭了。当时花生的大爷、大奶奶、二叔、小姑，一家人都哭了。

因为他的努力所有人都看在眼里，这样的努力终于换来了上天的爱护和眷顾，那是喜极而泣的泪水。

这个故事，花生的父亲在花生很小的时候就对她讲过，但那时的她没有这么深的感受，觉得上个年代的事上个年代的经验不能生拉硬套地放在我们这一代人的身上。

但是她现在又听了一遍，心里突然泛起酸涩，她突然知晓，在这个世界上，其实有很多东西，不管再过多少年都不会变的，比如努力，比如一颗上进的心。

想必花生听了这个故事真的感慨很多，电话那头，她仍然在对我讲："我们每个人的每次经历，都变成刻痕，深深地刻在我们的生命中。有的人经历得多，饱经风霜刮刻之后变得淡然而优雅。也有人经历得少，却总是想一步登天，在路上吃一点苦都会去抱怨天地不公，因为经历太少、抱怨太多，而变得脆弱又矫情。天地确实不公平，公平的只有我们自己。"

花生说话的语气突然变得成熟，我知道或许是这个故事让她有了沉思，我似乎能够想象到电话那头她坚定的样子。

而听完整个故事，我说不出自己心里是什么感受，只知道好像时间跨越了许多年，那些我们无论如何都体会不到的艰苦岁月在被后人讲起的时候显得更为珍贵。假如我们也曾遭遇过绝望，假如我们每天过的日子都很煎熬，或许我们就能明白，那样的希望对于像花生的大爷那样的人来说到底意味着什么。

那天电话的最后，花生开始反思自己，她说自己从小到大没吃过多少苦，也没有为了一个目标全力去拼过，虽然自己想要的很多，但能力根本撑不起她的野心，想提高能力，又没有付出相应的努力。

因为一路顺风顺水，没有绝境逼迫，所以她总是觉得生活轻易就能陷入绝境。家里给予的压力，朋友之间的小打小闹，谈恋爱的吵架分手，就是她这二十年最难过的事情了。好像这是我们这一代人的通病，我们经历得太少，却又比任何人脆弱而又矫情，总是羡慕别人人前的光鲜，也总是在比较为什么别人都那么命好，为什么在那个位置上的人不是我。

但又凭什么是你？

我们只看到别人那些光鲜亮丽的东西，却从来没有想过想要这样的成果，需要付出多大的努力。

每个人都不是得天独厚的，所以与其问问自己想要取得什么样的成就，想要过着什么样的生活，不如先问问自己，你能经受得住什么样的痛苦。

如果我们羡慕律师一年入账几十万，不如问问自己是否愿意每周工作七十个小时；如果我们羡慕别人的关系融洽，不如先想想自己是否愿意经历一场又一场的谈心和交流，甚至是许多次的情感伤害；如果我们羡慕成功的创业者，不如先看看自己是否能够承担风险和不确定性，能否长期做着一件事而未必成功。

这就是别人能成功，但我们不能的原因。

没有人能够只要回报而不去奋斗，只要结果而不需要过程，只想胜利，却不愿意战斗。所以，如果说现在的成功有两种，那么，一种是留给运气好的人，另一种留给的无非是肯吃苦的人。每个阶段的路都要去走，谁也没有办法跨过去。

也就是在那样的时刻，我和花生对付出与收获的问题有了深刻的认识，这些故事不分时代也不分阶层，它代表的就是一个很普遍而又直接的问题。

我们的目标决定了我们将成为什么样的人，我们的努力决定了我们能不能成为这样的人。

一个人的成功会有许多因素的影响，但我们都知道它一定都和努力有关，也唯有努力是生活中最简单也是最基本的构成部分。

兴趣能够改变一个人孤独的状态

1

我参加的兴趣社团是学校里的文学社，里面的人都爱好读书和写作，我们经常聚集在一起谈论文学，也一起写信、做游戏。

那是一种与其他环境全然不同的气氛。在我们那个小小的社团里，大家可以很大胆地表达自己的想法，几乎不会有太多的人提出异议；大家很积极地到图书馆里借课外书，哪怕对方一连几个小时看一本书都不会觉得奇怪；我们也会一起去听其他人觉得很无聊的一些讲座，诸如国学或者历史进程之类的。

有时候大家一起在校园里并排着走，会在心里涌起难言的喜悦，我们是真正志同道合的人，是一样的人。

这就是通过兴趣爱好而形成的交往，它会把学校里的几万人通过某个相同的点聚集到一起，形成了各种各样的小圈子，在这个圈子里，大家会无限放大彼此之间的共同点，而让那些差异平和共存。

是彼此相同的部分让大家无论在何时何地相处，都有着源源不断的话题，在这一点上，通过兴趣爱好可以找到很多的朋友。

还记得我刚入学的时候，学姐就告诉过我，在大学里可能跟你相处最好的那个人不一定是你们宿舍的，也不一定是你们专业的，而是其他通过兴趣走到一起的人。抛开社会给我们安上的各种身份，唯有在兴趣里的角色才更加纯粹。

所以现在四年过去了，我之前生活中的很多人都因为彼此的生活没有交集而关系渐渐淡下去，但是那些像我一样喜欢写作、喜欢摄影的人，却在我的生活中一直留了下来。

2

我现在的圈子很简单，和我经常联系的那些人不是写作的就是摄影的，我想要写作的时候就找写作的朋友一起写东西，大家互发一下字数的截图；我想出去玩的时候就找摄影的朋友，大家都拿相机拍自己心仪的景色。

所以经常有同学对我说社会多么复杂，人心多么险恶的时候，我通常没有太大的感受，因为我鲜少和公司里的一些同事，或者工作上的一些伙伴成为朋友，大家在一起都是公事，很少牵扯上一些私事。

而私下里我更愿意找那些和我有共同兴趣爱好的人一起玩闹。

但是许多人在大学里却错过了那样一个寻找志同道合的朋友的机会，他们会选择窝在宿舍里，很少出去社交。我之前有一个学妹就是这样的，她性格比较内向，有一次我给她下发学生会任务时，恰巧周末，我告诉她可以先出去玩，这个晚点交。

学妹说没关系，她一般都不出去玩。

“那你一般做什么？”

“就宅在宿舍啊。”

她告诉我，其实她也不喜欢待在宿舍，但是找不到可以一起出去玩的人，如果和自己出去玩的人不合拍，那一路上也会很糟心的，所以还不如不出去，同时，她还不想一个人出去，一个人很没劲。

“那你就去找可以一起玩的人啊。”

学妹发来摇头的表情，跟我说不知道怎么找。

后来我又跟那个学妹聊了一些，知道她喜欢做手工和轮滑，于是给她推荐了我同学的名片，是结艺社的团长。到了晚上，我还直接拉着她到我们学校轮滑的地方，问了问其中一个同学：“可不可以加入你们？”

在我的鼓励下，学妹找到了自己的组织。

学妹后来向我总结道：“在学姐你的带领下，我就这样以极其不可思议而又简单的方式加入了两个社团。”

3

半个多月后，在我们的例会上，我问学妹现在怎么样了，她满脸喜悦："学姐，你以后可要早给我布置任务，我现在可忙了。"

她一边说着，一边还从口袋里掏出一个挂着小石头的手链给我："这个送你，我自己做的。"

看着学妹脸上露出那种自信的笑容，我也发自内心地笑了起来。一个好的环境，一群好的朋友，对一个人的影响那真是太重要了。

所以并不是真的有人天生喜欢孤独，不过是觉得和别人在一起的感觉没有一个人的感觉好，而究其原因不过是我们没有遇到那些合拍的人。

学妹在宿舍里和同学的关系处得不好，虽不至于闹掰了，但也不亲近，平时和她们聊也聊不到一起去。刚开始她会怀疑到底是不是自己的问题，后来她加入一些社团、结交了一些新朋友后才发现，原来她也可以跟别人相处得很好。

这得益于她的兴趣爱好，也得益于她勇敢踏出宿舍的那一步。

后来，她跟同样喜欢轮滑的一个男生恋爱了，两个人经常牵着手一起玩轮滑。有一次我偶然在路上见到他们，学妹大声地喊我："学姐！"然后嗖的一下从我身边滑过，回过头冲我咧嘴笑。

我冲她摆摆手，心里突然涌起许多感动，这才是青春该有的样子，一个人因为做着自己喜欢做的事情，会散发出由内而外的光芒。

我好像很难回忆起学妹大一来学生会面试的样子，说话有点小声，然后磕磕巴巴地对我们这些面试官说："希望学兄学姐给我一个锻炼的机会。"

我们真的给了她这样一个机会，但谁又能想到她后来会成长得这么好呢！

4

我也见过许多把无聊、郁闷挂在嘴边的人，他们每天都充满着负能量，不喜欢上课，也懒得吃饭，倒是觉得睡觉和打游戏挺好的，但长此下去，整个人都会萎靡不振。

相反，那些有兴趣爱好的人通常不会有这样的表现，他们或许也讨厌上课，讨厌生活中各种各样烦琐的事情，但是他们对生活有期待，会期待着某个空余的时间做做自己喜欢的事情，或许是打一场球，或许是游一次泳，也可能是弹弹吉他。

兴趣爱好就像是生活中的调味料，也像是黑白画旁边的颜料，它的存在让一个人的生活变得美好而有意义。就像我哪怕每天再忙再累也会在心里有着期待，期待自己的下一次旅行，期待背着相机去拍一组好看的照片，这才是每个人应该有的对生活更为积极阳光的态度。

这就是兴趣爱好，没有大小贵贱之分，全凭自己喜欢为主。从小处说，它们会改变我们的心态，改变我们的交友圈子；往大了说，它真的有可能改变我们的一生。

如果在高中没有时间参加各种各样的社团，如果到了大学还没找到自己的兴趣爱好，那不妨用心地培养一个，它可能会成为自己生命里最可靠的一部分，你也会因为它而变得更好。

期待那样一天的到来，请记住，不必讶异于自己的变化，那是兴趣爱好自带的魅力。

在你掌握的信息里藏着一个个机遇

1

如今的世界是一个信息时代，整个地球都像是一个巨大的信息库，而学会信息处理对我们每个人来说都很受用。

很多人问我：“你到底是通过什么途径找到的这些工作？为什么我找不到工作？”

我会如实地说：“大都是朋友介绍的，或者是经常浏览网站。你要注意搜集信息，而这些都是一个长期积累的过程，不知道什么时候的哪条信息，就是自己的工作机会。”

比如我找到的博物馆志愿解说员的工作，是因为我去海洋大学拍樱花的时候，遇到了两个女生，她们问能不能帮她们拍两张照片，我欣然应允，然后加了微信，把照片传给她们。照片拍得还不错，我在微信上问她们可不可以发到我自己的微博上，留个纪念，得到她们的同意后，我就将照片发出，并且加了海洋大学的位置。

第二天，在微博上，有男生评论，我拍的那两个女生是他的同学，并且还调侃了一句："照骗。"那两个女生看到评论后在我的微博评论区跟男生斗起了嘴。我觉得好玩，也聊了几句。就这样，我认识了那个男生，并且互加了微信。

他们都是经济学院的，但这个男生爱好历史，所以他业余时间都到博物馆做解说员。我对解说很感兴趣，便在这个话题上跟他多聊了一些。

后来我们聊彼此都喜欢的历史作品、历史人物，也争辩过许多伟人的功与过，讨论过古希腊神话里它究竟要表达的是什么东西。在这样的交流和争辩中，我们渐渐熟悉。他也知道了我对解说感兴趣，在博物馆又一次招解说员的时候，他引荐了我，于是，我得到了那份解说员的工作。

谁会想到，这份工作最初的来源是因为我拍过的几张照片呢？

信息在那一刻，似乎成了一个互通的圆。

2

再比如一份在辅导班做舞蹈老师的工作，其实是因为我经常去学校附近那家蛋糕店买蛋糕吃。店长生意不忙的时候，我会跟她聊几句，知道她三十岁出头，是一个有六岁女儿的母亲，但没有深聊过。

后来因为我需要预订十寸的小蛋糕，所以加了店长的微信，店长看到我在朋友圈发的文章，主动来找我聊，她说我写得真好，要是她的女儿以后也能写出这么好的文章就好了。

我们就这样聊了起来，我知道她给女儿报了写作班、英语班、书法班，我感叹现在的小孩子竟然需要学这么多东西。

然后店长似是诉苦又似是分享地对我讲了许多关于小孩教育的问题，她说自己也很无奈，但这是社会的形势所趋，不让孩子多学点东西，就会输在起跑线上。

那是我们聊的时间最长的一次，她最后跟我道歉，不好意思打扰我这么长时间听她抱怨这么无聊的事情。

“怎么会是打扰呢？如果不是你跟我讲，我还不知道呢。”就这样，我和那位店长的关系一直处得很融洽，她有当天卖不掉的蛋糕时，会通知我过去拿一些免费吃。

我觉得过意不去，就买了一些书送给她女儿，就在这样的走动中，我们更熟悉了。

某次她又来跟我抱怨写作班的老师根本不好好教，我开玩笑道：“还不如我去呢。”

“就是，他们辅导班暂时不招写作老师了，倒是缺两个舞蹈老师。”店长就这么不经意地提了一句，我倒是来了兴趣。

“什么类型的舞蹈啊？”

“叫什么拉丁还是爵士来着。”得到这个信息后，我两眼放光，细细询问了一下要求，心想：没准我可以去呢。就这样，我凭着以前拉丁舞拿到的金牌和现场教学经验，通过了那次面试，成为一个教小孩子的舞蹈老师。

3

还有我后来给一家咖啡店做的营销策划，是有一次我以自媒体人的身份去参加了一个酒店的庆典活动。中午的时候，主办方请我们吃饭，大家落座后，有一个人突然站起来。

她在自我介绍时说，自己是酒店市场部的经理，然后便掏出名片跟我们每个人交换，这样突兀的举动有点影响吃饭的气氛，她的同事打圆场：“大家习惯了，做市场的。”

我们大家一下就笑了，起初一丢丢的不舒服也完全找寻不见了。

但我当时还没有印名片，又不好意思说没有，只能说了一句：“不好意思，忘带了，我们互加个微信吧。”我提议道。对方欣然应允，但当时加上并且改完备注后，在回来的很长一段时间里，我们都没有聊过天。

大约过了一两个月，我某次去咖啡馆里喝咖啡时随手拍了几张照片发到了朋友圈里，那个经理看到后主动找我聊天，问我，平时这么喜欢去咖啡馆啊？我发了个表情表示肯定。她接着跟我说，她的姐姐刚开了一个咖啡馆，可不可以有空去坐坐，顺便拍几张照片？咖啡免费喝。

“我拍照技术不好啊。”

“可以的，很好。”

既然对方都这么说了，不就拍几张照片吗？还能得到免费的咖啡喝，于是我爽快地答应下来。

后来我抽一天时间去了那个咖啡馆，跟老板表明了身份，对方说：“你就是我妹妹说的摄影师啊！”

“不算摄影师，随便拍拍。”

“太谦虚了，我很喜欢那种风格，店里正需要宣传照片呢，麻烦你了，一会儿给你做比萨吃。”我和老板聊得很投缘，我跟对方说了几个营销的想法。因为那阵子刚好认识一个做营销游戏的人，他想找几个店免费做做实验，而这个咖啡馆又有这样的需求，我就在其中拉了个线，然后负责帮咖啡店写一份策划。

所以当初因为没有名片无意中加的一个微信，让我之后不仅可以咖啡免费喝，还得到一笔可观的薪资。

4

信息互换不仅表现在找工作上，它在生活中的方方面面都有体现。比如我曾救助了一只小猫，但因为个人原因不能继续养它，于是发朋友圈、发空间，为其找主人，短短一晚上就有十几个人来询问我，大多数都是通过朋友介绍的，我不认识他们。

在那件事情中，我的朋友们成为一个中介，他们知道自己的朋友里有谁一直想要养猫，于是把我的信息就传递过去了。

还有网上的各种贴吧，大家可以一起置换东西，买卖东西；各种各样的美食群、健身群、徒步群，这样的一些平台都是在每天交换着信息。

因为当一个人获取到一个信息的时候，会在脑海中有一定的联想，比如我朋友的朋友喜欢搞一些摄影的聚会，当她的朋友告诉她这个信息的时候，她会突然联想到她通信录里有一个喜欢摄影的小姑娘，就是我，然后她就会把这个信息告知给我。

比如我的朋友知道我在做公众号，知道我会写文章，那么他有这种需求或者是他得知别人有这种需求时，也会不由自主地想到我。

这些都是在不知不觉中跟对方互换的信息，这种信息可能只是简简单单的一句话，但对于那些需要它的人来说，却成了一个个机遇。

每个人都有社会属性，很少有人能在社会这个大环境中独自生活。所以有时间的话，不妨交几个朋友，卸下一点自己的防备心，多拿一点真诚出来，永远都不要害怕被骗，而是多给自己一些历练的机会，知道得多了，看得多了，也就没有人能够那么轻易地欺骗你了。

尝试着在别人那里多留下一点自己的信息和印象，也多搜集一些别人的信息。学会互换和搜集，可能会让自己的生活更丰富多彩一点，离那些你想要的机会更近一些。

不要小看这些微不足道的信息，当它们和合适的行为相匹配的时候，它们就会有无限的力量，信息会成为一种优势，成就我们的梦想。

没有绝对的真理，适合自己就好

某一天跟一个伯伯聊天，他跟我聊起了自己的育儿经验。

他的儿子从政法大学毕业后当了一名武警，现在是第三个年头，正准备到军报当记者。我看过他儿子写的文章，通篇一气呵成，因为有经历，所以写出的文章大气，又有思想。伯伯开玩笑地说，儿子喜欢写东西和打篮球是遗传了他。

伯伯从儿子小的时候便培养他的独立品格，一岁的时候就送他到托儿所，初中的时候就让他自己参加夏令营，而高中的时候就把他送到德国去做交流生。伯伯说他一直是把小孩推出去，让孩子学会独立处理自己的事情。

我问伯伯："那您不担心小孩在自己看不到的地方沾染一些不好的东西吗？"

伯伯说不担心，因为他早已培养了孩子好的习惯，而习惯一旦养成是很难改变的。在伯伯的家里，他们夫妇两个一直以身作则，因为孩子一出生都会以父母为榜样的，父母做什么，小孩子就会跟着学。

同时，伯伯也在有意识地培养儿子的兴趣爱好，对于好的兴趣，伯伯从来都不加以阻拦。伯伯讲的这些我都很认同，但我不禁感到疑惑，怎么定义好的兴趣和不好的兴趣呢？

伯伯给我举例子，比如他有一阵沉迷游戏，伯伯就把网断掉了；有一阵他喜欢看电视剧，伯伯就把线剪断了，大家都不看电视。看电视和玩游戏就是不好的兴趣。

我问伯伯："可是那您有没有设想过，玩游戏有一天或许可以成为游戏开发师，创建自己的网络科技公司；而看电视有一天或许成为编剧、导演或者演员？"

好像也有道理啊！伯伯回答我。

我发给伯伯一个摊手的表情。其实这样的问题我一直以来也想不明白，到底该如何区分好和不好，又如何区分对和不对。有人说要看做一件事情的目的和结果，可是又有谁一上来就能确保自己有明确的目的，或者看到自己能够达成的结果？

就像伯伯对他的儿子，无疑伯伯对他儿子的教育是成功的，伯伯也是我见过的很开明的父母，但就是在这样的一个过程中，我们也很难说伯伯真的是顺应儿子的成长轨迹的。如果当时伯伯让自己的儿子玩游戏、看电视，没准他的儿子会成为这些领域的顶尖人物。

这只是一件很小的事情，但世上还有很多事情都如同这件事情一样，在这个人的身上有这样的定论，在另一个人的身上，道理便说不通了。我们要学会换个角度看问题，也尝试着看到事情的两面性。

所以，万事万物并没有什么颠扑不破的真理，也没有什么恒久不变的东西，某个被世人认为的精神病，他可能恰恰是一个其他方面的天才，只不过这个世界还达不到包容他的地步。

我有一个朋友通过高中三年的努力考上了重点大学，就在大家都为他感到高兴的时候，他却退了学，跟我们说大学生活不适合他。所有人都说他太意气用事，劝他起码把大学毕业证拿到手才行呀，在这个社会上，学历还是很有用的。

他很坚决地表示："我来大学就是想学点真才实用的东西，上了一段时间，我发现并没有自己想学的东西。既然我什么也学不到，我为何还要继续在这里浪费时间？"

朋友在退学这件事情上已经非常执拗了，所有人都抱着看"好戏"的态度，心想：他到了社会上碰过头之后一定就会后悔，出去之后会让他知道，一切没有他想象的那么简单，没有学历，就会被很多机会挡在门外。

朋友退学之后只身一人去了深圳，本着对电子科技的热爱加入了一家小型创业公司，加上我的朋友，一共才五个人。当时公司已经濒临破产，他们告诉朋友，公司都入不敷出了，已经不招聘了，但我朋友说，他不要工资，管吃管住就行。

朋友白天打杂跑业务，晚上和他们一起研究产品的造型和性能，累了就直接睡在公司里。但是无论他们多么努力，都没有办法拉到投资，像他们这种小公司实在太多了。其中的三个人因为实在坚持不下去，最终放弃了，但是对我朋友来说，公司就是他的全部。

他和剩下的那个人，白天给别人干活儿维持生计，晚上依旧研究他们的产品——一款纯手工耳机，外表晶莹剔透，有琥珀的颜色。

就这样，他们又坚持了快要一年，我们这一级都快要毕业了，朋友终于通过一个机会获得了成功，拉到投资后，朋友开了一个纯手工耳机体验店，从此，便有机会把他一直以来信奉的个性和服务更好地传播出去。

假期我们聚会的时候，他跟我说了这样一句话："一路走来，对自己指手画脚的人很多，但真正能为自己负责的人，一个都没有。"

那个时候，我们都对他讲过很多道理，也分析过事情的可行性，但是，现在我们终于知道，这个世界上没有绝对的道理，只有适合自己的才是真理。

交谈中，他还对我感到疑惑，说我这么热爱自由的人，竟然能在大学这种体制里待了这么久。我也把我自己总结的道理告诉了他："如果你想赚钱，你就到社会上去；如果想学技术，那就去技校；而大学，是塑造自己人格的地方。"

"就你还人格呢！"

我瞪了他一眼："那当然！"

现在的我很少去相信别人总结的所谓的经验和真理，我倒是更喜欢自己尝试一番，我觉得适合自己人生轨迹的，才是真正属于自己的真理。

Chapter 4

优秀是
熬出来的，人生没有白走的路

所有的优秀都不是平白无故

1

我很少向别人主动提起我前男友的故事。我们是早恋，在一起互相牵扯了 7 年。

我和他是在初中认识的，刚开始他还是一个不良少年的形象，留着能盖住眼睛的长刘海，穿着破了几个洞的裤子，身上佩戴着叮叮当当的装饰品。

他几乎不怎么上课，但又每天都很忙碌，忙着打架，忙着抽烟酗酒，忙着做所有叛逆的事情。

那时的我是优等生，所有人都不理解我为什么会和他在一起玩。而我之所以选择和他做朋友，是因为他跟我说了一句话："我都闹成这样了，怎么也没人来管管我？"那一刻我才知道所有的一切都不像我们表面上看到的那样，而所有的行为背后也一定有不为我们所知的故事，甚至是一段漫长的伏笔。

他在单亲家庭中长大，但父亲和母亲那种争抢孩子的场面没有发生在他的身上，他们给他足够的钱，却从来没有给过他爱。在我身上得到的触手可及的父爱和母爱，原来对他来说竟然是一个遥不可及的梦。

我希望他好起来，哪怕是慢慢地、慢慢地好起来，我想把我所有的温暖都给他。

2

后来，他所谓的那些好兄弟进了监狱。那天，他直直地站在监狱门口，面无表情，我悄悄地走近他，听他喃喃地说道："该停止了，我不能有一天像他们一样。"而他的目光里，是从未有过的坚定。

那时是初二下学期，他把头发染回了黑色，也不再穿什么奇装异服，而那套干净的校服上透着的是淡淡的柠檬香，再也不是烟草味。他去配了班级里的钥匙，每天第一个来，最后一个走。我有时会留下来辅导他一会儿，他领悟能力极强，我只稍微一指点，他就会明白。看着他认真学习的样子，我很高兴。

他变了，他真的变了。他变得像一个学生的样子，并且努力做一个好学生。他跟我说："原来当一个好学生的滋味是这样的啊，感觉还不错。"他依旧带着他痞痞的语气，而我却再也不能把他和之前的样子相联系。

我看着他苍劲有力的漂亮字体，看着他在讲台上自信地讲题，看着他游刃有余地处理班级事务，让我一度以为，曾经的他不过是一个错觉，现在才是他真实的样子。

他好像越来越优秀了，成绩不断地提高，他的每次成绩单都会引来同学们的一阵惊呼，可是我知道他不是有多聪明，而是他真的用功了。我总是能从老师的脸上捕捉到欣慰的笑容，他成了老师的重点培养对象。而在初三上学期期末的时候，他的成绩已经超过了我，后来变成了他来给我讲解数学题了。

他长得帅，又有一种仿若与生俱来的魅力，我们班的很多女生都找他讲题，但是他只为我一个人讲。他说："我们在一起吧，那样我就可以不被打搅，安心学习了。"虽然是一句玩笑话，但是我们确实在一起了，那么顺理成章。

我感受到很多女生艳羡的目光，但是我知道，拥有这一切，是因为我之前曾义无反顾地站在他的身旁。

3

我们一同考取了市重点高中，那个暑假，当我还沉浸在喜悦当中的时候，他却跟我说，他要去另一个城市了，因为他换了监护人。他在我面前像个孩子一样哭起来，他收起了所有的戾气和骄傲，仿若一只受伤的小猫。我知道他的眼泪不仅是因为将要到来的分离，更是他这么多年的委屈和不甘。而我却给不了他最想要的安慰，后来，我也坐在他的旁边，落了泪，我们紧紧依靠，默默哭了很久。我们那时不过 15 岁，还未真正懂得"坚强"的含义，却在一步步被迫成长。

高中的时候，我们虽然不在同一个城市，但每天都会联系，他总会在夜里 11 点钟左右给我发一句晚安，然后早上 6 点钟左右给我发一句早安。我从来没有想到，这样一个小小的举动，我们竟坚持了 3 年之久。这也成为我在艰苦的 3 年时光里最温暖的记忆。

他的高中是在全市最好的重点中学上的，他的姑妈拿了很多钱把他送到了实验班，那里全英文授课，并且每人都会配备电脑，班里有 40 个人。他跟我说，他是最差的，他不仅英语不好，而且电脑技术也很差。

于是他一改初中时晚上睡 6 个小时的习惯，而选择一天睡 4 个小时，一本《英汉大词典》，他用了 7 个月的时间全部背完；他参加各种数学、物理竞赛，并取得了优异的成绩；他研究计算机，认真学习演讲，坚持练习书法和健身……在高中那么高压的情形下，他竟然还去竞选了学生会主席，他把学生会管理得井井有条，亲自操办过多个学校的大型活动。

他说，他有一次实在是累极了，等大家都散场之后，他竟然躺在红毯上睡着了。

我问他，为什么要这么拼？

他说，他没有后退的筹码，他的身后是悬崖。

放假的时候，我再看见他，我觉得他全身都在散发着光芒。

而我的高中是每天都必须睡足 7 个小时，我以压力大为借口花很多的时间去看泡沫剧和烂言情小说。我也曾下决心去背很多的英语单词，却以作业多为由一再放弃。我还有着无数的幻想，我觉得我或许应该创业，于是我开了一个淘宝店；我觉得或许我以后能成为一个作家，于是我放下手中不会做的数学题，提起笔来熬夜写文章……

看着越来越优秀的他，我打心底里为他骄傲，却在心里有点挫败和失落感，我觉得我们的差距越来越大了，而我又该怎样追上他？

4

高二下学期的时候，他已经是复旦保送生了，但他却一心想上香港大学。我深知他的实力，所以从未为他担忧过。可是高考成绩出来的时候，却得到了他没考上香港大学的消息。虽然我上的只是一所普通的大学，但是为他感到惋惜，他付出了那么多的努力，我不希望上天亏待他。

他终究没有去香港大学，而选择了复旦大学。他也没有消极太久，而是在整整两个月的时间里，开了一间属于自己的工作室，名字就叫作“悬崖”。我有时去给他送饭，并且盯着他按时吃完，有时去他工作室的休息间里看几本心仪的书。我的假期不疾不徐，过得惬意无比。虽然我也有一个华丽无比的梦想，但是它始终停留在我的想象阶段。而他不一样，他做着可能别人十年之后才会做的事。

他的执行力，他的自制力，可能是我这辈子都没有办法拥有的，所以，无论我怎么追，都只能在他身后远远地看着，看着他在各个领域游刃有余。

大一的某个深夜，我很晚才回宿舍，翻出本子，把写下的计划一项一项地划掉，都完成了，又是充实的一天，而明天的各种琐事又将使我处于忙碌的状态。我躺在床上，想着我大学以来做的很多事情。我看了很多的书，去过了很多的地方，加入了很多的组织，参加了很多的比赛，还得到了很多男生的青睐，但又像没什么收获，日子不温不火地过着，像是一本密密麻麻的流水账。

而他在开学前卖掉了他亲手创建的工作室，准备出国留学。在这之前，他的母校邀请他去给学弟、学妹做一场演讲，他演讲的题目就叫作《所有的优秀都不是平白无故》。

也许我们每个人都曾渴望过出人头地，然后抱怨着我们的家庭环境、我们的资源，甚至常常会想：如果我家和他家一样有钱，我一定会比他优秀！然而事实真的是这样吗？

5

有一次，朋友谈起他来，她说："长得好、家境又好的人，当然成功容易些。像我这种又丑又穷的人，还是平平凡凡过我的日子吧。"可是，如果她见过他哭得歇斯底里的样子，如果她见过他因为熬夜布满血丝的双眼，如果她见过他因为不按时吃饭而胃疼得冒冷汗，就不会讲出他容易些这种话。他曾经差点吸了毒，差点坐了牢，他连一个完整的家庭都没有。而我们拥有这么多，却连他的十分之一都达不到。他能做到今天这种地步，真的是全都靠他自己。

我艳羡他，也反思着自己。上天不会垂青任何一个人，所有的优秀都不是平白无故，所有的光鲜亮丽背后一定有着不为人知的付出。没有人天生优秀，也没有人活该贫穷，道理我们都懂，只是很多人缺乏坚持下来的决绝和永不回头的勇气。

想想一般人的人生轨迹是怎样的：上学时逃课打游戏、逛街，毕业后海投简历，好不容易被一家公司录用就要谢天谢地，哪还管什么薪资和是否热爱；然后该结婚了，于是在七大姑八大姨的介绍下，随便找了个所谓的合适的人过一辈子；有了自己的孩子，你希望他以后的人生也安安稳稳的，于是他又开始重复你的人生轨迹……

每当想到这些，我都会吓醒，如果我真的过了这样的生活，会觉得很悲凉，人生一点色彩都没有，剩下的都是乏味的重复。我要的不多，我只想努力地跳出这个怪圈，把自己的人生过得有意义一些。

6

他出国前，我们心平气和地谈过一次未来，发现有许多不可调和的因素阻挡着我们继续在一起，于是我们选择了和平分手。

我没有过于难过，因为我们一起走过了许多年，更像是互相扶持的知己。如今，他有他的天空，我有我的路，彼此相望并且互相祝福就已经是很好的结局。当然，这未必是听故事的人期盼的团圆。

现在我也大四了，不知道什么时候开始，我变得像曾经的他一样拼命，也多多少少取得了一些成绩。

后来，我想过一个问题：他带给我最宝贵的东西大概是不甘平庸的勇气。

我们都是梦想家，所以不肯投降

在外租房时，我的第一个室友是一名摄影师，是那种可以为别人拍出特别好看的照片，轮到给自己拍就拍得巨丑无比的人。他自拍时总喜欢鼻孔向上，而且从来不修自己的照片，向来都是“直出”。本来长得还算不错的小伙子，怎么就是喜欢自黑呢？

他本来的专业学的是资源与环境，后来接触到摄影后，决定走摄影这条路。家里一直不同意他做摄影师，觉得特别不靠谱，他说给他一年的时间，如果失败了，就自愿听从家里的意见去做老师或是其他任何一份稳定的工作。

我大三那年，他大四，已经在我们学校小有名气了，很多人都知道他的“艺名”。我们在学校的操场上畅聊了很久，谈起摄影工作室，谈到了旅拍，幻想着我们梦想中的生活，好像成功就在我们的上一层台阶上，伸一伸手就能够到似的。

同月，他和别人合伙开了一个摄影工作室，我和他一起合租了一套房子。

房子离学校很近，125 平方米，落地窗，光线很好，能够满足日常的拍照需求，我们为房子起了一个很俗的名字，叫“梦想家”，Wi-Fi 的名称叫“dream home”，密码是“欢迎来到梦想家”。

虽然很俗，但每次想到我们的初衷，总是忍不住会心一笑。他常常戏谑：“从此‘梦想家’将诞生一名伟大的作家和一名伟大的摄影师，这里将是名人故居。”

我扫视了一下四周脏兮兮的地板，冲他翻白眼：“这位伟人，请您先把您故居的卫生打扫一下好吗？”

就这样，我们开始一边拌嘴一边做梦了。

那是四五月份，天气不温不燥，暖阳微风，是个适合拍照的好时节，毕业季又即将到来，于是室友工作室的生意很好，婚礼约拍、个人写真、班级写真、旅游跟拍，我看到他桌上的时间安排表，没有一天是闲着的。

是怎样的一种情形呢？

比如婚礼跟拍，他凌晨四五点钟就要出门，因为要记录一场婚礼的每一个细节，而回来一般都是深夜了，但他还是不能睡觉，要继续修图。有好几次我去客厅倒水，都看见他趴在桌子上睡着了，然后还没等我回房间，他定的闹钟就响了。他想睡却又不能睡的样子让人看着真心疼，我忍不住开口说：“要是困了就睡觉吧。”

他将醒未醒地冲我微微一笑：“哪能睡啊？这么多照片儿没修呢。”

我没有继续劝他，因为我懂他的心情，那种为梦想而努力的心情，真的是可以拼了全力的。

但说实话，摄影师真不是一个轻松的职业，不仅每天都要背着沉重的器材，而且忙起来没时间吃饭，有时间吃也一般是婚礼上的大鱼大肉，饥一顿饱一顿，很不利于健康。

室友因为不按时吃饭得过几次急性肠胃炎，我回家时，恰巧碰见他出门，他疼得用手捂住了肚子，我说："你这么疼，取消拍摄吧。"

"先去吧，都跟客户约好了，拍完我就去医院看看。"然后他在我面前骑上自行车走了。我站在原地看着他的背影，心里瞬间五味杂陈，他前几天因为太累刚刚去拔了罐，才没几天又得了急性肠胃炎。

到底是什么力量支撑着我们度过这些不为人知的漫漫长夜？我们为什么好像不知疲倦、不知疼痛？马斯洛的需求层次理论里，最高层次是自我价值的实现，他认为人们只有满足温饱才会去考虑更高层次的需求，但其实，是有反例的，我们都是反例。

在我们的认知里，没有什么是比拍一张好照片、写一篇好文章更有成就感的事情。室友常特别开心地跟我说："我今天拍了张特别好的照片。"只是一张满意的照片而已，只是一点微不足道的进步而已，却足以让他开心一整天。

这些回报很少的事情，这些不能用金钱衡量的事情，如果不是内心真正热爱，它是没有办法继续走下去的。

毕业季在一片喧嚣中过去，本以为室友的工作室在开门红的情况下足以步入正轨，但没想到他的努力白费了。另一个合伙人虽然没有明面上跟他闹掰，却在私底下偷偷对利益进行划分；合伙人以工作室名义揽下的活儿也没有分给我的室友，我室友就突然闲了下来；合伙人的态度也捉摸不透，拖着不见我的室友。

当时已经是暑假了，我因为学习和工作的关系，从合租的房子里搬出来到市中心住，偶尔回去拿落下的东西会看见颓废的他。他已经很久没有工作，终日与游戏相伴。地板很久没拖，我走在上面黏黏的。他整个人，甚至整个空旷的房子都给我一种很明显的堕落感。

我问他准备怎么办，他说要找合伙人谈谈，自己干自己的。可是一转眼，暑假都过完了。我想那段日子他一定很难熬，有关欺骗甚至是背叛，生活中走的每一步都与自己设想的背道而驰。

他甚至开始有点妥协，准备听从家里的建议参加教师考试。我们都知道，这世上从来都不缺乏有梦想的人，但很少见到为梦想坚持的人，因为在那些日日夜夜的隐忍与等待中，我们没有办法看到结局，也没有铸成铜头铁臂去接受一次又一次的失败。

青岛的九月，天气转凉，某天早晨，我一边穿上外套一边准备出门上课，下楼时随意翻了翻朋友圈，突然就看见室友发了一条九宫格照片，应该是他新拍的照片，上面写了简简单单的四个字：九月，你好。

这是他一个多月以来第一次发朋友圈，我猜想他可能是又“活”过来了。于是我问了问他的近况，他告诉我，他到了另一家摄影工作室，准备重新开始，先提高提高能力，然后再自己干。

读完这条消息后，我不经意地抬头，看见楼道的墙壁上被一片阳光温暖地笼罩着，司空见惯的场景却在那一刻莫名地触动到了我的内心，我知道这抹阳光也是拼力透过厚厚的云层到达我面前的，当我们一次又一次地跌倒，我们的身段也会像阳光一样越来越柔软而又坚定。

我们都是梦想家。

曾经付出过的努力，会以美好的方式回馈你

1

我是在微博上认识时好的，她像我一样，也喜欢摄影。她的照片都是用胶片相机所拍，风景中似乎都能看到空气里飘浮的干燥小灰尘，无论多么坚硬如钢的质地，在她的镜头下都有柔软如泥的一面，她拍的风景人物就像坐了时光机穿梭回了过去，而旧时光的记忆被她重新赋予了不一样的含意。

而我的照片里包含的内容并没有那么多，我只是单纯地喜欢在粗糙的生活中捕捉一些最容易被人忽视的小细节，我认为那才是最真的生活。

虽然我和时好的摄影观有所不同，但并不妨碍我们的沟通交流。我们互相关注、评论和点赞，让我们在相对陌生的平台上有了一点点联系，但从来没想过特意见一面，好像有那样的一群人就该存在于另一个虚拟时空里，与现实泾渭分明。

可实际上，我和时好很快就见面了。一个夏天末尾的某天，我照例在周末背着相机出去扫街，那日的天空与平日不同，云

彩厚重各异，在蓝色的天幕上张牙舞爪，随便一拍就是一幅绝美的画面。

我没忍住，用手机拍了几张，赶紧发到微博上分享，我说：这么美的云彩，不出来玩可惜了，海水浴场约吗？

结果刚发出去五分钟，时妤就给我发消息：我也在海水浴场！！！连加三个感叹号，以示她的惊喜。

于是我们开启了在茫茫人海中找人的模式，我根据她的描述寻找一名穿深蓝色长裙，扎高高丸子头的女生，她也在寻找穿白色T恤的我。

可当我真正见到她的时候还是被她惊艳到了，人群中的她腰板挺得很直，但丝毫不会让人觉得僵硬，而她的长裙配上她的丸子头，更让她在优雅中又不失俏皮，她独到的审美和搭配让她无论走到哪里，都有人忍不住多看几眼，包括我。

所以刚一见面，我便直言不讳地告诉她："你太漂亮了，我有点紧张。"

她露出很得体的笑容告诉我："我才紧张呢，真害怕跟你有代沟。"

"代沟？"

"是呀，我今年三十岁了，大你整整十岁呢。"我在原地微微怔了一下，我面前这个年轻又美丽的女子，怎么看也不像三十岁的样子啊。

2

虽然是夏天的末尾，但沙滩上还是很晒，于是我和时好只好先到一家咖啡馆，准备等太阳没那么毒的时候再出去。

我细细打量起坐在我对面的时好，看到她那张上好底妆的脸白皙而薄透，寻不见一点斑，笑起来的时候鼻子和眼睛皱成一团，是从内而外的年轻感。

她要的草莓味奶昔被装在玻璃杯里，加了冰。我看到她握着杯子的手指又细又长，突然有种感觉，许多年之后的一天，我如果认不出时好的脸，也一定认得出这双手。于是我脱口而出："你是手模吗？"

她听到我这么问，微微有些惊讶，把手脱离杯子，放在自己的面前细细打量起来，然后卖起关子："你猜猜？"

连续猜了三个后，我终于猜对了她的职业。她是一名钢琴老师，在青岛市最好的地段教学，一天只授课两三个小时，闲暇的时间都出来到处游玩，而她一小时的薪资是一千元。时好讲到这里的时候，我不自觉地瞪大了眼睛，而与我的惊讶比起来，对面的时好一脸平静。

她说这样的薪资并不算高，毕竟她的教龄算起来都十年了。

时好的语气始终很平淡，平淡到就像谈论了一下今天的天气。我咬了咬果汁里的浅褐色吸管，可怜巴巴地看着时好，一脸羡慕：“你好厉害啊！怎么做到的？”

她看到我有些搞怪的样子突然笑了：“我知道你平时写东西，那你要不要听听我的故事？”

我的头快速地点着，像小鸡啄米似的。

3

时好是独生女，家境不富裕也不贫穷，算是中等。时好四岁的时候上幼儿园，某次母亲去接她的时候，恰巧赶上音乐课，音乐老师告诉她的母亲，时好很有音乐天赋，那双手也很适合弹钢琴。

在当时，学钢琴是一笔昂贵的开销，可听老师这么说之后，她母亲动心了，问时好想不想学钢琴。在一个四岁孩子的眼里，其实很多的兴趣爱好都是没有太大区别的。时好之所以点头，不过是因为想到某次在电视上看到了穿白色纱裙弹钢琴的女明星，她定义里的弹钢琴就是那样美丽而优雅，她当然喜欢。

母亲跟时好很严肃地说，学钢琴很辛苦，而一旦决定就不可以再反悔了。时好似懂非懂地点点头。于是，时好四岁那年，开始了她与钢琴结下一生的不解之缘。

才刚刚第一周，时好便体会到了母亲说的辛苦。刚开始，她每天弹一两个小时，后来弹的时间越来越长，直到每天固定四小时。

其他小孩上课的时候，她也上课；其他小孩玩耍的时候，她在练琴。学钢琴这件事没有什么捷径可以走，除却天赋外，就是不停地练习，熟能生巧。时好说，她不觉得自己是一个特别有天赋的人，但她敢说她在钢琴上花费了太多的时间。

从四岁的每天四小时，一直延续到了二十岁，整整十六年从未间断过，两万三千多个小时。她印象最深刻的是某次生病她还在弹琴，鼻血滴在黑白键上，有时候想想真是太走火入魔了，但如果没有当时的走火入魔，也就没有她的今天。很多个日日夜夜，陪伴她的只有钢琴，钢琴换了两个，她小小的背影也渐渐长大。

在外人看来，她的长大只是一瞬间的事，可那些与钢琴相爱相杀的日子，只有时好自己知道。很多时候，她也是坚持不下去的，在这一点上，她要感谢她的母亲，她的母亲对她奖惩并施，该严厉的时候严厉，该温柔的时候温柔，把下班后的所有精力都放在时好和她的钢琴上。

那个年代还不像现在兴趣班这么普及，而且钢琴的花销实在是太大了，没有几个家庭愿意冒险，她说妈妈当时还是很有远见的。时好长大一些后，变得懂事了，开始主动练习钢琴，同时也更加严格地要求自己，她当时只有一个念头，母亲为她在钢琴上投入的钱，她之前投入的所有时间和精力，这所有的一切都不能让它付诸东流。

每日重复的生活单调乏味，时好也曾疲惫过，却从来没有丧失希望。她觉得她是一株花，如果她足够努力，总有一天，她会开放。她是这样坚信不疑，这样自我鼓励，这样走火入魔，最后换来的是鲜花和收获。

4

时好讲完这个不长不短的故事后，我突然间觉得，对于现在的她来说，每小时一千元的薪资真的不算高，因为她之前所有的付出和努力都是无价的。

“所以，听到这里，你还羡慕我吗？”我没想到时好会突然问我这个问题，当时很想实话实说，没那么羡慕了，因为如果是我，我绝对不会在看不到任何希望的十几年里日复一日地坚持，这个反馈的时间太长了，我没有那么大的毅力做这样的投资。

所以，在光鲜亮丽的背后，优秀的背后，高薪的背后，并不是所有的人都能担得起它的代价。就像时好得过那么多比赛的奖，登上过那么多的领奖台，下台之后，迎接她的仍旧是乱糟糟的后台和无尽的黑暗。

直到她三十岁之际，她才勉勉强强地说了一句，算是熬出了头。

我问她为什么不多教几个小时，那样岂不是可以赚更多的钱。她狡黠地转转眼珠，告诉我，她还想多玩玩，把之前生命里落下的都补回来。

这就是人生的平衡机制，我们是选择先甜后苦还是先苦后甜，上天不会让你生命里的每个时段都处于同一种状态之下。所以，正在努力的我们，一定要相信所有的付出都将以更美好的方式归来。

5

我和时妤聊完后，恰好赶上太阳落山，因为白日的云彩太过美丽，那天果真出现了难得一见的火烧云。我们并排站在一起望向远处的天际，我有些感伤地说，我不是很喜欢晚霞，晚霞虽美，但很快就会消失不见，随之而来的是漫漫长夜。

我身边的时妤却莞尔一笑："它这么美，你看到它之后，你不会觉得格外有动力吗？"那一刻，微风吹起时妤眉梢上的一缕头发，就像电影画面般流畅又迷离。我突然意识到旁边的这位女子在人生这场角逐中，把自己当作海里唯一的孤舟，从不退缩，也不畏孤独，生活中的一点一滴都能被她当作继续在海面上漂浮下去的动力，为了到达彼岸，值得以性命相拼。

岸上，花开得正好。

让优秀成为一种习惯

大四上学期因为要学车，我将房子租到了学车点附近，同时又换了一位室友，他叫L，曾经因为一张闪电的照片火爆我们学校的朋友圈，大家都嬉笑着叫他“大神”。

而我和L的相识，是因为我们都曾在学校新媒体中心做事，他在摄影组，我在文字组。L做事认真负责，又很热心，所以我们都很喜欢同他共事。而且每次分配任务的时候，老师和组长也喜欢把任务分给他。

有一次我和他一起外拍，路上遇到他的许多小迷妹，她们的语气很热烈：“你就是拍闪电的那个？好开心，见到真人了！”

相比小迷妹惊喜的样子，L只是腼腆地笑着。

其实L不仅拍照好，他在很多方面都很优秀，懂画画、懂厨艺，甚至精通计算机维修。自从认识了他，我省了许多修电脑的钱，拆个电脑、装个系统，对于L来说都不在话下，那些专业级的证书，都不知道他是什么时候考出来的。

他并不是计算机系的，而是学传媒的，平时搞搞视频、设计什么的。我经常找他帮忙剪辑视频或者设计海报，感觉没有他不会的事儿。我说：“你们专业真好，教这么多东西。”他只是笑笑，也没有反驳。后来一个偶然的机会，认识了他们同专业的人，这才知道，很多东西都是L自学的，课上并不教授这些。

我和L算是老朋友，以前约饭的时候他都是挤时间，他风风火火地跑来，给我看他脑门儿上的汗，惹得我哈哈大笑。印象里的他一直都是忙碌的状态，无聊这个词跟他不沾边，所以他才会渐渐精通那么多领域，渐渐得到了那么多专业的认证。他总是在我不知不觉中各方面的成绩就突飞猛进，感觉他再也不是大一那个坐在后排怯怯地起身说“我是L，我来自青岛”的青涩男生了，也再也不是遭受别人质疑的L了。

我实在是好奇，就算是每天拼命旋转的陀螺，也不可能在每天几乎满课的情况下有时间去自学这些啊！直到我和他一起合租了房子……

新房子不大，两室一厅，屋内很简陋，除了床，什么都没有，他把带阳台、采光好的那间卧室让给我住。刚开始的几天，我们买的桌子还没到，他暂时用着房间里矮壁橱上一个光滑的平面，面积很小，仅仅能放下一个笔记本电脑；而我从学校宿舍拿了一个小桌子，支在床上用。

有时候我工作时间一长，再加上在床上的姿势又是蜷缩的，整个人就很容易觉得累，然后不得不起来休息一下。当时心里盼着新桌子赶紧来，一分钟也吃不下这样的苦了。可当我去L房间借剪刀的时候，被眼前的场景惊呆了：因为买的板凳还没来，L竟然跪在地上！他起来帮我拿剪刀的时候踉跄了一下，笑着解释："时间有点长，腿麻了。"

我怔在原地，突然不知道说什么好了，假装云淡风轻地凑过头去看他在忙什么。当我看见满屏我看不懂的代码后，更不知道该接什么话了，只是硬邦邦地说："谢谢。"

他不经意地挠挠后脑勺，笑了一下。而我转身的瞬间，他又跪了下去，那专注看电脑的样子仿佛整个世界只有他一个人，我不曾进来过，他也不曾起身。

他刚才明明都说腿麻了，为什么不休息一下？

我眼眶有点发热，觉得我们像傻子一样，我们为什么要这么拼命？这就是我一直以来崇拜的大神，安网线、修打印机、装系统，甚至是做饭、做海报、做视频，他无所不能，可这无所不能背后的付出远没有想象中那么光鲜亮丽。

在学习上，L很舍得花钱。各种各样的技术方面的书籍，一本就动辄将近100元，他几本几本地买，眼睛都不眨一下。各大素材、教学网站，费用一年一年地付。为了这些昂贵的学习资料，他可以连续吃咸菜饭，但一定要为知识付费。在工作上，他为了及时编辑出热点文章，早起甚至是熬通宵也是常有的事。

我见过他因为疲倦在床上倒头就睡的样子，见过他因为做设计满眼血丝的样子，也见过他在烈日炎炎下录视频满头大汗、屏气凝神的样子……

没有人是生来什么都会的，天才的小概率事件也很难发生到我们身上，每一项技能的背后都是漫长难挨的学习时光，度过那些枯燥的日日夜夜，才换来今天自己一点点的进步。我问过室友为什么这么拼，他没有给我一个确切的答案，或者他也答不上来。

L 的自制力我不得不服，他可以将外界的一切诱惑都屏蔽掉，只专心做他应该做的事。他的时间，每一分钟都用在刀刃上。这些在我看来很难做到的事情，早已成了他的习惯，而这些习惯让他成为我们口中无所不能的大神，无所不能的背后也注定了不是每个人都能成为大神。

虽然和 L 合租，但我们打照面的机会并不多，要不就是他出门，要不就是我出门了，要不就是各自在自己的房间里忙着自己的事儿。但有时连不上网了，喊他一声，他就会过来三下五除二地帮我弄好网络；有时想要个什么软件了，把电脑交给他就能搞定；有时他做了美食，会喊我一起吃。

有时候，我看着 L 的背影不禁发问，他现在这样算不算已经熬出了头，毕竟他随便一项技能就可以让他找到一份很好的工作。但实际上，他却一直没有停歇，像他这样的人，永远都不给自己任何松懈的借口。

我想，他的优秀已经成为一种习惯。

你没错过好时光，而是拥有了新世界

听说蒋凡还未结婚，趁着我没有正式上课，回母校去看了看蒋凡。她是我的政治老师，从上学时我便这样对她直呼其名。

我高中毕业那年刚满 18 岁，而现在我已经 22 岁了，一名大四准毕业生。生活变化很大，但踏进母校的那一刻，却又仿若时间从未远去。

我是蒋凡的第一届学生，她教我的那一年刚刚大学毕业。她穿一件白色上衣，花色长裙，戴一条心形吊坠项链，在领口边缘若隐若现。

虽说她是一名新老师，但上课的样子却十分娴熟，无论是板书还是课本，都一副了然于胸的样子。她说着所有年轻老师都会说的经典台词："我比你们大不了几岁，你们可以把我当作是你们的朋友。"

作为一名老师，蒋凡实在不够严厉，却因为生动有趣的课堂，她成为当时学生们最喜欢的老师。她明明教政治，却更像一名心理老师，解答着同学们大大小小的问题，当然去找她聊天的人中，还包括我。

在她的课桌上摆满了整整一排的书，涉及各个领域。对于当时的我们来说，感觉她什么都懂，有时觉得她这么优秀来当一名普通的高中老师实在屈才，但更多时候是因为遇见这么好的老师而让我们感到无比幸运。

她生性乐观，又心直口快，我与她的关系日益要好，时常一起吃饭聊天。她开始与我袒露心扉，她说，她来当高中老师，确实有一点不甘心，她老觉得自己本应该更好。

那一年里，她白天给我们授课，晚上就到教学区的小阁楼上背书，她想要考研。寒冬里，她穿一件旧羽绒服，在角落里蜷缩着，却背得慷慨激昂。

那一年，她同我们一样。她说，趁着还年轻，所以仍想追求。

但她以英语一分之差与心仪的学校失之交臂，而第二年竟然忙着忙着错过了报名。

她工作异常出色，因为我们喜欢她的课，于是在政治这一门功课上，我们总给她满意的答卷。她年纪轻轻，便已然升为政治教研组组长。

高三毕业，我们一行人一同回去找她。她笑着对我们说，她终于知道桃李满天下是什么样的感觉了。

问她以后有什么打算。她说，继续做高中老师，教书育人。那日的她盘着发，向日葵式的发饰，依旧明艳动人。

再之后，我上大学，而蒋凡已经快要30岁了。

她的学生时常调侃她："老师，你已经错过了最佳的生育年龄。"

更有人对她说："20 岁到 30 岁这 10 年，是人生最佳的奋斗时期，你错过了逃离这里的时机。"

不过，她倒是有些幸灾乐祸的样子："哇，照你们这么说，我今年 30 岁，那我不用活了。"

我再见到她时，她穿红色的大衣，配一枚亮闪闪的胸针，她依然那么年轻。我轻轻地拥抱着她说："你还是那么好看！"

她找板凳请我坐下，然后拿出一袋吃的说："喏，假期去云南，带回来的特产，你尝尝。"这句话的语气好像很多年前她跟我说："喏，这些是重点，回去好好看看。"

聊天的气氛很和谐，我翻着她的相册，听她讲着她去世界各地的见闻，没想到短短的几年里她已经去遍了大半个地球。

有一张照片她照得极好，照片里的她张着手臂，仰起头，背景是一片湛蓝的天空。她说："这是我在毛里求斯照的，你看我本应该做一只自由翱翔的雄鹰的。"

我问及她的工作。她笑着说："学校还想让我继续当班主任，你猜我怎么说，我跟他说，我要留出大把的时间来考虑我的终身大事了。主任跟我开玩笑：'蒋凡，你这可是为了私人感情影响了工作啊。'不过他也没再强求我，看我迟迟不结婚，他也挺着急的。"

我试探地问她："那你自己着不着急啊？"

“这种事嘛，不是急就能行的，对吧？单身也没什么不好，想干什么就干什么，多自由啊。你说我要是有了孩子，每天除了上班不就要回家带孩子了？”

话这么说没错，可是人生不就是这样吗？每个人都大同小异，上学、结婚、生子，多少女人都把自己最好的时光奉献给家庭和孩子。

我们又聊了一会儿，大学班主任来电话，说让我尽快把一份文件发给她，看看时间也不早了，我跟蒋凡告别。

我起身后准备帮蒋凡收收凳子，她摆摆手：“不用，明天还有学生要来看我呢！这几天忙着接客，真幸福啊！”

她送我到门口，我依然忍不住回头频频张望。那张熟悉的脸上总爱挂着笑颜，她没有特别好的工作，也没有待在她喜欢的城市，更没有住上大房子，开上像样的车，而且年龄这么大了还没有结婚，没有疼她的老公。

可是不知道为什么，她明明什么都没有，我却觉得她什么都不缺。

又有多少人留在了大城市，嫁给了当地有房有车的英俊男人，过着很多人都羡慕的生活。可她们明明什么都有了，却总没有安全感，也得不到内心的满足。

那么多人不用为生计担忧，再也不用苦读诗书，却日日与锅碗瓢盆相伴，每日都是重复的家长里短。对大多数人来说，娱乐就是逛街看电影，他们明明还不老，却已经懒于追求。我好像终于明白蒋凡比他们多的是什么了，她比其他人多的是整个世界。

次年，蒋凡结婚了，我没能到现场，但看她发来的视频也感受到了她满满的幸福，她终于遇到了那个对的人，嫁给了爱情。

所以有些事，真的急不得，你会拥有最好的。

好朋友就是要比着一起优秀

1

我有一个特别好的朋友，叫“沈都行”，这不是她的真名，而是当我告诉她我要把她写进文章里时，她为自己取了这个名字。

我是大二那年认识沈都行的。我们同时签了北京的一家写作公司，她是公司里第一个主动找我说话的人，先是加了我的微博，后来我们又互加了微信。

当时的我可能还想不到，在后来的这么长时间里，我们每天都会聊天。我和她的聊天方式更偏向于自嗨型，对方回不回复都没有关系，好像聊天窗口只是为了分享和吐槽，那些话只是为了找一个途径说出来，而非得到回应。

就这样，我和她的关系越来越好，在她面前，我可以放下一切防备。我们那么不一样，却可以很好地共存。

2

她大我三岁，是南京大学的研究生，主修国际法，一个凡事都讲求逻辑的人，却每天被迫听我这个说话丝毫没有逻辑的人絮絮叨叨地讲一些日常琐事。

我在跟她的日常相处中，常常会忘记她是那么优秀的一个女孩子，因为她说的那么多话都带着孩子气，她笑起来的样子也傻傻的。

直到我们去杭州聚会，我面对面跟她聊天，才被我眼前的女孩惊艳到了，她口齿那么清楚，逻辑那么清晰，而你问她的问题，她永远给你分析得有理有据，她身上自带的那种柔软而坚定的气场，自信而不失睿智的笑容，让我一不小心就看得晃了神。

我这才意识到，我对面的这个女生可是代表学校到清华大学比赛得过奖的，是一个人独自到过世界上的许多国家的，是被学校推选有过无数交流机会和到各种律所实习过的，她的奖学金和实习补助可都是以万计数的。

因为同样喜欢写作，所以我才有机会认识这么优秀的她。

她在很小的时候就已经获过新概念作文大赛的奖，但后来因为家里的原因选择了自己并不喜欢的法律专业。虽然也曾在博客或者其他地方断断续续地写了一些文字，但写作这件事终归算是搁浅了很多年。

她是在大学的时候又重新将写作拾起来。她说那个时候写作的欲望已经没有办法控制了，就像心里住着一只小兽，必须将它放出来。她写杂记，写公众号，签约公司，虽然听起来的确取得了不少成绩，但与她的其他方面的成绩相比还差得远。

她有时候会对我说："为什么我在别的领域可以很轻松地就拿到证书，但是在写作上就没有这么轻松呢？"

这时，我会直言不讳地回答她："我很羡慕你，如果我是你，我会选择进顶级律师事务所，把写作当爱好，而不是为它付出这么多。"

她急急地说："不，我不会放弃写作。"

看她迫切回答的样子，我突然笑了。我想，沈都行如果不走写作这条路，确实在物质方面、在名利方面会更好，但她走了写作这条路，虽然很苦，却能让她眉眼含笑，为生命添一抹别样的颜色。

3

沈都行常常跟我说一万小时定律，她说，她坚信如果一直坚持下去，一定会取得成绩。而她也真的在执行着她的一万小时定律，无论每天多么忙、多么累，她都会抽出时间来写两千到三千的文字。

当时是我们第二次见面了，我们约在合肥，玩过一天后一起回到酒店，她询问我的意见，她说："我要上一节英语课，不会打扰到你吧？”

我摇摇头说，不会。然后我便看见她打开电脑，跟屏幕里的外国老师侃侃而谈。作为一个连六级都没过的我，看到沈都行的样子真的是满脸羡慕。我知道她有意出国留学，所以在我看来英语这么好的她，仍然在继续学习。

她跟外国老师聊了半个多小时后，关掉窗口，开始码字。我目不转睛地看着她，不得不佩服她的执行力，像我到了一个陌生的城市，酒店窗外是好看的天鹅湖，我很难像她那样迅速地安下心来去工作、去学习。

而且第二天早晨，我还在睡梦中时，她早已拿着电脑到酒店餐厅码字了。

如果不是我亲眼所见，我真的很难想象一个女生可以因为努力而浑身散发着这么好看的光芒。

她是每天寝室第一个起床的。冬日的清晨，校园里没什么人，她就开始看案例了，她早一点看完，就可以有更多的时间写作；她比谁都更认真地上课，所以她才会拿奖学金拿到手软；她很少逛街，衣服都是在淘宝上快速地购买；她不太了解当下流行的新品，却会利用所有的时间记下脑海中一闪而过的灵感，生怕它们丢失；当然更多时候，她也会在房间里抓耳挠腮，就是写不出一个字……她告诉我，她不是神。

既然这么累，为什么不停下来？

她做了这样一个比喻：当你把一颗梦想的种子埋在现实的

土壤里，你看着它一点点冒出新绿，看它即将开出美丽的花朵，你忍心不浇水吗？你忍心让它死掉吗？

4

后来，我已经出了第二本合集，而她也签了第二个长篇，我带着为她写好扉页的书，乘坐飞机到南京找她，那是我们相识的第一年零四个月了。

我们从当初大谈梦想的女孩，变成了为梦想付出坚实努力的女孩，而最初的那些梦想都在时间的推移中一点点变成了现实，所以我们更敢做梦了，因为现在做的梦，相信在不远的未来同样会变成现实。

我们依旧每天聊天，会像其他女生一样一起讨论自己喜欢的男生，讨论自己想吃的零食或是一直想买的香水。然而更多的时候，在我们的聊天记录里，是我们每天密密麻麻要忙碌的事。

她说，她今天要到律师事务所整理资料，回来之后要去游泳和写论文，写完论文后要把小说更新了。而我说，我今天要到市南审批大厅弄广告审批表，回来之后要到办公室给老师交作业，交完作业，晚上要做一份策划案，如果有时间，我会写一点小说。

这是我们每天的日常，谁都不比谁更轻松，时间的每一分每一秒都被我们利用起来，上课、工作、写作，我们在无数个身份中任意变换，有时也不免抱怨劳累和疲倦，但是下一秒钟，我们便开始给对方互发文章了。

“今天的三千字，存稿。”

“我今天才写了两千。”

我们像两个小孩子一样暗暗较劲谁写得比较多，虽然有些幼稚，但这也是我们彼此激励的一种方式。

5

我常常会想我和沈都行能相处这么好的原因，我们明明分处不同的城市，彼此的生活也都千差万别，她的圈子跟做律师的、搞金融的、搞研究的打交道，而我的圈子跟摄影的、画画的、开店的打交道，怎么想都不觉得我们会是一类人。

后来我听到我们一个共同好友对我们的评价，他说：“你们啊，都一样拼，简直是朋友圈的励志典范。”

我仔细想想，可能真的是这样的一个原因吧。因为我们都对自己的人生有着清晰的规划和目标，都希望通过自己的努力遇到更好的自己，都对生活中的每一个人怀着最大的敬畏和尊重。

所以纵使她喜欢吃我最讨厌的南瓜，我最喜欢吃她最讨厌的华夫饼，也不影响我们的感情。我们更像是映照彼此的镜子，在这条前进的路上以相互鼓励的方式各自前行。

虽然我们的生活都很忙碌，但我们仍然抽出时间来见面，有时她来青岛，我去南京。我们会很默契地协调玩耍和工作的时间，玩的时候就尽情地玩，回酒店就一起工作和学习，不需要向彼此解释太多，不需要面对他人的质疑——怎么出来玩还带电脑啊？

大三那年，我和沈都行合写了一个微信公众号，起名的时候，我说我们叫“女王陛下”吧，听起来很霸气。她说，不，我们要做永远的少女，让一个执着而又纯粹的小女孩一直住在我们的心里，摆脱所有人的期待，做真正的自己。

于是，微信公众号“少女合伙人”应运而生，那是我们理想的净土，是我们追求自由和真理的足迹。

你以为别人很闲，其实他们的努力从不炫耀

1

一天我收到了一条微博评论，在我发的柠檬照片下面，有人说，他曾经也专门买柠檬拍过照片。我回复完评论后，忍不住点开了对方的首页，发现他正在进行微博认证。那条认证十分有意思，他是这么写的：某某有限责任公司，烧饭的。

这不是胡闹吗？我一边笑着一边点开和他的聊天窗口，告诉他：你这样认证肯定不会通过啊。

他回复我：我就是想试试。外加一个摊手的表情。

就这样，我认识了聂一柯，我们互加微信后聊到了凌晨一两点，互相讲着各自的创业经历和梦想。

他和我一样大，也在念大四。他平时喜欢徒步和骑行，一个人去过许多地方，现在和朋友一起开了一家摄影公司，公司只有一个理念，想做的就做，不想做的就不做。

谈及自己的梦想，他想要的生活很简单，就是想租一个房子，一楼做工作室，二楼睡觉，然后有一个小院，闲时做做咖

啡调调酒。

这不正是我向往的生活吗？于是我们越聊越投缘，聊天的次数也大大增加，喜欢跟对方分享自己生活中的点滴和感悟。

2

与我马不停蹄的生活状态相比，他的生活看起来很闲，他也常常调侃自己：过的是老年人的生活。

一觉睡到中午，然后起来做饭，做完饭逛超市买菜，再继续准备晚饭，而晚上就用来看韩剧，时不时地给我截个图，说：这句太浪漫了。

我停一停手头的工作，看着他发给我的图片，不由得翻白眼，心里想：这个人也太闲了吧。

“你都不用做事吗？”我问。

“今天周末呀。”

“可是摄影这行，周末也很忙啊。”

“对，但我没接啊，不想做。”

我真是一口老血吐在键盘上，懒得理他，同时在心里偷偷定义着他：懒惰、不求上进。

在很长的一段时间里，他给我的人设就是这样的。整个人慢慢悠悠的，我无论什么时候找他聊天，他都有空回复；时不时给我秀一秀他做的饭、泡的茶；要不然就是给我发来链接，让我看看他选的衣服怎么样；再不然告诉我，他困了，准备睡个回笼觉。

典型的一副吃喝玩乐的样子。

反观我发给他的都是：我在工作，我在上课，我在写文章……我好像永远都在忙。

直到我们在南京见了面。

3

当时已经入秋，但南京的天气还带一点暖意，我光着腿穿了一件很长的外套，踩着棕色的小靴子站在地铁口迎接他。

聂一柯个子很高，穿一件长大衣。他风尘仆仆地赶来，我一眼就看见了他。

他说我是唯一说他生活悠闲的人，他身边的人都会用“拼”这个词形容他。

“你每天除了睡就是吃，哪里拼了？”

“我只是不想给你表现出我很忙的样子，我更想跟朋友分享我生活中的悠闲和喜悦。”

“那为什么我每次给你发消息，你都回得那么快？”

“我不喜欢让对方等得太久，再说手机就在旁边，回完立马投入到工作中啊。”他一边说着，一边伸伸懒腰。

“那你能立刻就投入到工作中吗？”

他挑一挑眉毛，跟我说：“好像是这样，我集中注意力的能力还挺强的。”

4

我们继续沿着玄武湖散步，他零零散散地跟我讲了一些他的事情。

聂一柯因为剪片子落下了腰病，长时间久坐，用同一个姿势面对电脑，所以年纪轻轻便腰不太好了。他说很多人在没有生病之前，都体会不到健康有多么重要，那时接了工作就拼了命去完成，后来是腰疼得坐不住时才稍稍有了节制。

他现在正在积极配合治疗，听说差不多要花一年的时间才能彻底痊愈。

我一脸震惊，没想到这个在我印象里悠闲度日的“老年人”竟然还有这样的一面。我站在他的侧面，迎着灰暗的灯光看向他的脸，我们之前聊过的点点滴滴突然涌现。

他其实很努力的，是我一直没有发现而已。

如果他不努力，就不会每周都被大家邀请到讲台上讲摄影课，他做的 PPT 简洁而有逻辑，极富品位；他如果不努力，就不会调那么多种酒和咖啡，做那么多的菜；他如果不努力，就不会做出包含三百多部电影的剪辑了……

并不是每个人都会把自己的努力展现给别人看，相反这个过程很有可能是偷偷进行。他们心中有着坚定的目标，不断地完善自己，只是故意表现出一种玩的姿态，正当很多人不以为然的时候，他们却以惊人的速度把你远远地甩在后面了。

5

我想起我高中时的一些同学，我们总是告诉对方，我昨天回家又玩了，一点都没有学习；或者是我最近好浮躁，一点都学不下去。

我们一直都向彼此表现出我们并没有认真学习的样子，但实际上呢，谁都会回家点灯熬夜，谁都会提前做好老师还没来得及布置的作业。

成绩会说话，所以我们每个人的成绩都很漂亮。

那些真正努力的人早已把努力当成习惯，习惯之后就不会觉得多苦，也不会故意展现给别人看。重要的是自己做什么，如何去努力，而不是让别人知道你在做什么，如何努力。而那些不怎么努力的人，出一点汗都恨不得让全世界看到，渴望得到赞许。

所以那些偷偷努力的人不会特意地去晒朋友圈，今天看了多少书，跑了多少步，或者做了多少工作。相反，翻翻他们的朋友圈会发现，他们更喜欢晒一些吃喝玩乐，好像只有吃喝玩乐才是生活中最值得珍视的事情，而努力早已成了习惯。

于是，几个月后相见的时候，才会发出这样的感慨："哇，你变化好大啊！"或者惊讶地问一句："你这个证什么时候考的？"

这个世上，哪有什么变化是瞬息的？还不是积攒到一定程度才有了一瞬间的错觉。

而这个过程并不需要让别人全知道，有时候努力就应该是静默的，不必吵吵嚷嚷告诉全世界，更不需要找别人来监督，因为你就是自己唯一的岸。

我从来都不想用努力或者不努力来定义某个人，毕竟每个人的生活都不怎么容易，只是我更欣赏那些生活有目标、人生有规划的人，欣赏他们通过生活中的点滴积累，成为更加丰富而有趣的人。

哪怕摔得灰头土脸，也要满怀火光

大三的暑假，我没有回家，而是留在了青岛，在市南租了一处房子，一边学习速录，一边工作。

白天的时候，我需要在培训机构学习，而晚上便开始忙工作。当时，我以合伙人的身份加入了一家公司，我们一起做一个社交网站，想摆脱熟人社交，做一个轻社交平台，以做公益和聚合兴趣为主。

我的其他两位合伙人已经快要40岁了，都有很不错的工作，但都不喜欢过于平淡和重复的生活，所以一直想要创业。一个偶然的机会，我遇到他们，然后一拍即合，他们说需要我这样的新生力量，而我也需要他们的资金投入。就这样，我们的创业故事如火如荼地展开了。

办公室设在青岛万达CBD的38楼，视野很好，站在窗边可以看到车水马龙的街道和远处的山及太阳，俯视这一切的时候，会深觉个体之渺小，却有无限的可能。我们一起在办公室里开会讨论每一个细节，把想法一个个变为现实那样的感觉真的很奇妙，当然代价是会有相应的资金投入进去。

我们刚刚起步的时候就开始幻想，有一天或许可以包下整层楼，我们三个人每人都有一间独立办公室，想来就来，想走。为了那样一个美好的憧憬，我们为这次创业投入了百分之百的努力。

但我们三个人都不是全职，他们两个平日里要上班，而我要上学，我们一般都是熬夜来敲定工作。我的一位合伙人说他经常夜里十二点钟都兴奋得睡不着觉，满脑子的想法恨不得立刻找我们讨论。创业的确有这样的魅力，在那个过程里像是得到重生，有着无限激情。

我白天的速录学习需要整整坐八个小时，不停地听录音，不停地练习，常常回到家的时候已经腰酸背痛，只想躺在床上好好地睡一觉，但是合伙人的一个微信消息发过来，告诉我有了什么好点子后，我立马就来了精神，马上到网上选图片，写策划，联系一些合作伙伴商讨细节，不知不觉便忙到深夜。

为了网站的推广，我们联系厂家定制了几万件线下的衣服，每件衣服上都有对应的星座和号码。穿着这样的衣服被别人看到，大家可以在网站上搜到他（她），这是一个线上和线下相结合的平台。

我们选择了四个城市，然后找代理人帮我们推广，把衣服作为奖品，拉第一批用户到网站上来体验一下。我们觉得有了一定基数的用户，推广应该不是问题，毕竟当年的Facebook仅仅500个用户。

转眼间就到夏末了，我们迎来了很关键的时期，但网站迟迟没有做好，催了几次技术人员，最后只好草草上线。因为定制的衣服都是短袖，天一冷就没人穿了，所以必须尽快把这些衣服利用起来。

但推广工作的过程并不顺利，大多数人对网站都持有怀疑的态度，领衣服的多，注册网站的少，要么就是注册了，第二天就走了。说实话，网站没能做出想象中的那个样子，用户没有活跃度也在情理之中。

也想过继续完善网站或者是做一个APP，但实在没有资金可以投入了，找了几个投资人，最后也没有谈成。

“先继续做着吧，用户多一点了再想想办法。”

“对，世纪佳缘网站最初还都是亲戚朋友呢。”

我们用无数创业成功的事例激励着自己，尽管知道95%的创业公司可能会失败，但我们希望自己就是那成功的5%。

青岛地区的推广我们自己在做，为企业或者学校提供活动时用的衣服，然后顺便宣传我们的网站。

其中的某次，我们到大学里做宣讲，分发衣服的时候，有人当场将衣服拆开，上下打量一下，然后露出鄙夷的眼光，有个同学在私下里跟我们说了这么一句话：“创业公司啊，你们真有勇气。”直到现在我也没想明白，这句话到底是褒还是贬。

活动结束后，我们到学校的图书馆前稍做休息，两个合伙人拿烟来抽，脸上开始有了愁容，然后我们告诉自己，不要有太大压力，失败就失败了吧。

我们一路失落，路上还因为给学校老师发消息而变得小心翼翼，询问我们赞助了这么多衣服，可不可以让同学们关注一下我们的网站。那样的感觉真的是难受极了，明明一句简短的话，删删减减了将近半个小时，生怕说错了什么话，对方就不想再跟我们合作了。

其他城市的推广情况跟青岛差不多，不容乐观，天气开始变冷，我们也不能穿着短袖继续组织活动了，只好把烧钱的推广暂时停掉，更改策略，准备做内容推广。但结果，仍没见到什么效果，网站半死不活地存在着。

时隔几个月，我们三个人又一次聚在办公室里。其中的一位合伙人喜欢摩托车，他说，有这个钱还不如当初把他心仪的那辆摩托车买下来，不至于像现在这样钱都打了水漂。

但我想，如果时间能够倒回，我们还是会选择像这样创业，失败固然难受，但有些经历这辈子都不会再有。

剩下的一些衣服被我们堆在好几个地方，开玩笑说，够我们穿一辈子了，但我们想明年夏天继续做，网站还在，衣服还在，人还有激情。

我们都是在大街上守着一口锅的孩子，锅底的火熊熊燃烧，虽然我们每个人都灰头土脸，但我们满怀火光，我们为了自己的人生，曾经倾尽全力。

Chapter 5

你要
相信，那些美好和缘分的存在

把清贫的日子过成美好的生活

我的母亲在我小的时候是一名全职太太，一边照顾瘫痪在床的爷爷，一边照顾年纪幼小的我。当时家里的条件也不算太好，虽然盖了一个大房子，但里面空落落的，许多大的电器也都是攒钱一点点添置的。

但我的母亲是一个很会生活的人，我们家并没有因为生病的爷爷、清苦的条件而变得死气沉沉。

印象深刻的是，我们家所有的家具上都被母亲做了好看的盖头盖上，连我平时坐的板凳都被母亲做上了好看的花边，以至于当时我家虽然没有任何装潢，我也觉得它是全世界最好看的家。

还有我穿的毛衣毛裤也是母亲亲手给我织的。记得当时有一条黑色的毛裤，母亲在每条裤腿上装饰了五颜六色的小花，以至于我的那条毛裤比别人买的都好看。我穿到幼儿园的时候，所有小朋友都夸我的裤子漂亮，当时别提多么开心了。

受母亲的影响，我从小也喜欢装饰装饰家里的东西，小房间里被我贴满了图画，而且还会定期更换主题，有时候会是“闲人免进”，有时候我又会改成“欢迎光临”，还有时候是感恩、快乐这样的主题。我还会召集小朋友到我房间的墙上一起贴东西。我们弄了一个信笺交换处，大家都可以把悄悄话叠起来贴到我的墙上。在我的装饰下，我的房间五彩缤纷，几乎找不到一块白色的墙。

可能由于小孩子的审美跟大人不同，于是我自以为很美的装饰到了大人的眼里就成了乱七八糟。

记得有一次，我母亲以前的同事到家里玩的时候，就对我母亲说：“你怎么不管管小孩？你看她把家里弄得脏兮兮的。”

母亲总是笑，跟对方说：“小孩子爱玩嘛。”

“小孩不能惯，不能这样糟蹋屋子。”

母亲的同事走后，我本以为母亲会进来教训我，没想到母亲对我说：“我觉得你装饰得很好看，下次准备换什么主题啊？”

这样的反转让我受宠若惊，得到母亲的应允后，我迫不及待地告诉母亲，下一期准备贴一些诗，因为那阵我迷上了冰心先生。

就这样，母亲不仅不批评我，反而跟我动手一起做，那间小小的房间成了展示我自己的大大的舞台。

后来年龄大了一些，班级里的黑板报都是我组织策划的，包括现在做的宣传工作，似乎都跟小时候的经历有着莫大的关系。

现在的我像极了当年的母亲，喜欢买桌布、买鲜花，做一些简单的手工将家里布置一下，从来没有因为生活的不如意和房子的破旧而抱怨过生活，而是更加热爱生活，让生活在自己的努力下同样可以变得美好。如果把风景装在心里，处处都会是风景。

有钱人不一定会生活，而穷人也不一定生活得不快乐。重要的是看这个人能不能保持一种花开的心情，能否给平淡的生活不停地制造惊喜。

有一个属于自己的家，会让你对生活更有热情

1

我们 90 后的许多人已经对买房没有那么热衷了，我跟许多朋友聊起过，大家都说，其实租一辈子房也没什么，人生不至于被一套房子困住。

所以我从大一开始就一直抱着租一辈子房的打算，想换无数个城市，每次都住让人有新鲜感的房子。房子可以很高，也可以很矮；可以很小，也可以带一个小院，就这样随着心情尽情地变换。

这样的想法一直持续到我大三，我租了人生的第一套房、第二套房、第三套房……

在第三次因为搬家而把自己搞得筋疲力尽的时候，突然很想要一个固定的家。

有些事情做过之后就知道并没有想象中那么简单，比如租房子。

我租的第一套房子是找的中介，凭自己找不到很好的房

源。中介费用不低，要一个月的房租，而且签合同的时候，一签便签了一年。当时我只是想着这么好的房源一定要早早下手，所以哪怕条件有些苛刻，比如什么房租半年一付，下半年的房租要提前三个月付之类的，我也同意了，一股脑儿地签了合同，好像晚一步就要被别人租走似的。

房子在一楼，面积很大，三室一厅，装修是浅色系，很适合拍照。我们还想过把它装饰成更加文艺小清新的样子，刚开始住进去，心里别提有多开心了。

但过了没几天，就发现房子没有纱窗，老容易进一些蚊虫。楼层是一楼，但房东并没有安装防盗窗，又加上窗户很大，所以睡起来很没有安全感。另外，大门上的锁非常不好用，我们狠狠心，自己掏钱把大门上的锁换了新的，然后房间里的锁又坏了。更别提什么空调、冰箱，因为家具陈旧，这些统统都进行了修理，费用堪比一个月的房租，高达两千多元。

等我们把这些全部弄好的时候，哪还有什么心思装饰房间？只能简单地买几块桌布，买一些花草和一些装饰品放在窗边。

心里想着第一次租房子没经验，再租房子的时候一定要把家具、门窗全部检查好，再也不能因为房子好看就盲目地签合同了。

就这样住了几个月，迎来了暑假，我准备到市里去实习，但租的房子离市区很远，来回要三个小时，我为了节省时间，想在市里重新租一个房子。

第二套，就这样开始了。

2

暑假正值青岛的旅游旺季，在市区短租的房子不好找，很少有房东愿意将自己的房子短期租赁，我问了许多家，不是租金过于昂贵，就是人家压根儿不租。

最后以极高的价格好不容易租了个公寓，一间不大的屋子，没有单独卫生间，但好处是离我工作和学习的地方很近，步行十几分钟就可以到达，节省下来的时间，我可以用来工作。

只是租住一个月，我心里想着，在生活用品上一定要一切从简，于是我从之前的家里只拿了少部分用品过去，但住了没几天，就知道有许多东西还是不能省的，我开启了买买买的模式，小到饭盒、洗衣液，大到枕头、被子。好不容易布置好，一个月就转眼过去了，临近交房子的那几天，公寓管家告诉我，让我尽快搬离，因为他们已经找到了下一个租户。

市里的工作还没结尾，我一边跟管家谈能不能再宽限几天，一边开始收拾东西。虽然住的时间不长，但积攒的东西还是挺多的。

买了大约二十本书，几套面试用的新衣服，两台电脑，一个相机，以及各种各样的生活用品，除了旅行箱外，还装了满满五个袋子，我一个人坐车是拿不了这么多的。

最后因为沟通不当，公寓那边我不能继续住了，我一个人拿着许多行李站在小区门口，特别茫然，像一只无家可归的流浪狗，打电话给朋友，问对方能不能来接我一下，但他们只有晚上有空。

我只好一个人坐在街边的便利店里，等天光暗下来。在等待期间，我漫不经心地看着来来往往的行人的脸，突然不想有一天再这样被别人驱赶，不想再将生活过得这么匆忙和粗糙。

3

暑假回来之后，生活又有了变动，我准备学车，写作我的长篇小说，而之前的房子第一是离学车地点太远；第二因为它靠近一个小广场，很吵。

我付完剩下半年的房租后，准备将其出租，重新换一个房子。有了前两次的经历，这次我不再找中介，也不再将合同的期限签得那么长；还有最重要的一点，不想再租那么贵的房子了。

就这样，我成功租了我人生中的第三套房子，在一个幽静的小区，窗外就是盎然的绿树，偶尔伴一点鸟鸣。房子有些老，家具设施不好，白墙还有些掉皮，但想想便宜的房租，这些倒情有可原。

我又开始搬家了，托了好几个朋友后，才将东西全部搬完，我累瘫在一团未收拾的衣物中，心里想着什么时候可以不用这么折腾，可以真正找一个地方安定下来。

像大地对人的吸附，一个人在地球上生活，他需要一种安定的力量。

我喜欢逛一些家具店和一些旧货市场，每当看到好看的东西后，都会很犹豫，想买来装饰装饰家，但同时自己总觉得很快就要搬家，买任何一点东西到时候都是累赘。这样的不确定性，让自己就像是风吹过的海面，不停地起伏。

而且，租的房子，打心底里就很难把它当成自己的家，潜意识里就觉得它更像是行途中一个萍水相逢的旅店，只想尽兴，并不想为它付出，它丑陋或美好，都跟自己没有关系。

4

经历几次租房的烦恼后，我先前准备一辈子租房的观点渐渐地改变了，我开始有意无意地关注起房产信息，最后找到了一个地段不错、价钱不错的小户型房子，虽然是一室一厅，但足以给自己一个家。

这是一种很难描述的感觉，哪怕是家里的一盏灯，都会让自己在这个冷漠而坚硬的城市里有一股温暖的感觉，可能就是为了那一盏灯，让无数人甘愿做房奴。还房贷这件事激励着我们，而一个家温暖着我们。

房子付完首付后，我需要每个月开始还房贷了，每月还的钱跟在市里租房子差不多，但不一样的是，换了一种心境。

心安是其一。再也不用害怕哪一天突然被房东告知多少天之内必须搬家，不用拿着行李漫无目的地走在路上，不用再对那些心仪的家居品只看而不敢买了。

动力是其二。每月固定要还的钱让自己少了一份偷懒的理由，而房子像自己在这个城市中地标式的建筑，多了前进和奋斗的念想。

满足感是其三。从此花出的钱是为了自己的一个固有物品，而不是打了水漂，把房子装修成自己喜欢的样子能提高我们的满足感，而不用像租房者那样对未来的不确定性感到恐慌。

我不知道现在有多少人还在热衷于买房，但我不再对那些房奴嗤之以鼻，如果买房在自己的承受范围之内，每月只还工资的四分之一或者五分之一，它并不能降低一个人的生活品质，反而会让自己的生活更加有规律，因为一个人对家的协调同时也将是对生活的协调，再大一点说，是对自己人生的协调。

这样想想，买房这件事并不会降低一个人的生活幸福感，它恰恰可以提高我们的幸福感。因为在某个城市中拥有一套自己的房子并不是束缚，我们仍然可以迈开脚步到世界各地去走，仍然可以继续租房，也完全不妨碍我们旅居外地的念头，只是这小小的几十平方米，让自己无论何时何地都有一个落脚的地方。

但若想一口气吃成一个胖子，可能又是另外的定论了，买房这件事，也要量力而行。

学会定义自己的人生

1

大二那年，为了杂志的新年特刊，我采访过一个伯伯。他是做金融的，我们聊得很投缘，于是一直保持着很好的朋友关系。

有一次我到伯伯家里吃饭，恰好碰到他的侄子来看他。他侄子的皮肤黝黑，但个子很高，笑起来的时候露一圈白牙。我看过那么多人的笑容，但只有他的笑容，让人感受到由内而外的自信。

伯伯给我们相互介绍，我得知对方是《中国国家地理》的专栏作者。

“那些杂志上的照片就是你们拍的？”我惊讶地问他。

他点点头表示肯定，然后从包里拿出几张照片送给伯伯：“这是这趟出去拍得比较满意的几张。”

我凑过脑袋去看。伯伯看得出我眼神里的喜欢，挑了一张茶卡盐湖的照片送给我，随后他请我到另一个房间里参观。那是一个很小的屋子，但推开门的那一刻我惊呆了，小房间的四面墙上贴满了照片，各种人物、各种风景，我站在中间，仰着头目不转睛地看，好像置身于全世界一样。

伯伯拿来胶水，把他侄子新带来的照片找了个空隙一一贴上。我看着满屋子的照片问伯伯："这些都是他拍的吗？"我一边说着，一边用手指了指站在我们旁边的伯伯的侄子。

"一部分是，还有一部分是我女儿和另一个侄子拍的。"伯伯弯着腰很认真地将照片贴好，然后站在我身边讲关于这些照片的故事，语气里透着自豪。

2

伯伯的女儿现在是一名大学的哲学老师，从她上大学的时候开始，伯伯就让她每年假期先去玩一个地方再回青岛。伯伯说，只有出去见世面才知道外面的世界多精彩。

在这个过程中，他也不放心，但伯伯知道很多时候必须把女儿推出去，如果给孩子太多的牵挂，反而不利于孩子的发展。

伯伯的女儿玩了许多地方后，回家突然对伯伯说，自己想转专业，学哲学，因为她见了各个国家不同的文化和不同的人，突然意识到只有内心的平静才是所有人永恒追求的目标，她想追求来自知识的滋养和力量，也想花更多的心力让自己踩在稳定而坚实的土地上。

伯伯的女儿从小喜爱画画，大学就读的是建筑学，女儿突然做出这样的决定，伯伯也曾不解，因为在伯伯看来，哲学似乎不怎么利于今后的发展。伯伯像朋友一样对女儿说出了自己对这件事情的看法和见解，但最后的决定权，伯伯交由女儿，他不会干涉。

伯伯告诉我，他养女儿就一个观点——放养，没有限制。从小她喜欢画画，就去画好了；后来她喜欢哲学，就去读好了，就凭她自己的爱好去培养。

他们家里人对小孩的教育都是这样的，所以才会三个后辈里，一个是大学哲学老师，一个是央视记者，一个是《中国国家地理》专栏作者，任何一个头衔都会让他人露出艳羡的目光。我顺带问了一句："你们都是怎么培养的啊？"

"永远都不要对孩子刻意要求什么，那样就限制了他们的思维，而是要让他们自由发展。"

伯伯说这些话的时候，我和他侄子在一旁细细地听，我偷偷观察他侄子的目光，看到他的眼中对伯伯满是尊重和感恩。

这是一个充满爱的大家庭，这样的放养观念，让小辈们都在做着自己热爱的事情，最后的结果，小辈们有所成就，同长辈的关系融洽亲密。

这样看来，往往很多家庭矛盾和悲剧都是因为父母干涉太多，以爱的名义去捆绑和束缚彼此。

3

“你父母对你也是放养吧？我觉得你和我女儿挺像的，思维活跃，想做什么就做什么，感觉也是从小没有被限制很多的孩子。”伯伯突然把话题扯到我的身上，我一时错愕，反应过来后才笑着点了点头。

我想起我的母亲在我一、二年级代表家长讲话的时候，特别犯愁，老师让母亲讲讲她的教育经验，她讲不出来，因为她对我是接近放养的范畴，无非就是我想听故事的时候给我讲几个故事，我想画画的时候陪我画画，我学习的时候给我出几套卷子。

母亲从来都没有刻意地去做过什么，她说看到孩子快乐的笑，应该是作为父母最幸福的时刻。我的父母，他们对我唯一的期待就是我能够快乐健康地成长，关于其他的，他们从未给过我任何压力。

所以小的时候，我只要完成了作业就可以随便玩，和其他小伙伴在外面玩过家家，和邻居一起玩手柄游戏，和同学一起跳皮筋，母亲从来没有限制过我任何玩耍的时间。相反，她总是很热情地邀请我的同学到家里来做客，她说周末就是应该用来玩耍的。

我可以很自豪地说，我的童年很快乐。

但父母对我真的是百分之百放养吗？其实又不是。

父母给我养成的是良好的作息习惯，母亲告诉我："很多小孩子都是白天睡觉，晚上玩耍，但长此以往哪行啊？我就白天让你使劲儿玩，你晚上困了，自然就睡了。"

所以我从小时候就晚上很早睡觉，早晨很早起床，这样的作息更利于我的学习和生活。一直到现在，我也必须保证午睡，并且如果没有特殊情况，坚决不会熬夜。

父母让我养成了自觉的习惯，他们不限制我的玩耍，但有一个条件是，我必须完成当日的课业才能够玩耍。养成这样的认知，让我从小就知道应该把学习放在第一位；也让我明白学的时候就应该好好学，玩的时候就应该彻底放松，这才是真正的劳逸结合。

父母还给我做了好榜样，我学习的时候，他们也不玩，父亲一般看看书、练练毛笔字，母亲一般是做家务，缝缝补补之类的。他们这样的举动让我觉得我们都是平等的，也能让我更安下心来去学习。等我写完作业，我们三个人再一起看电视，或者打牌。

父母对我的教育还有很多这样的小细节，我觉得这些都对我的一生产生了很大的影响。他们首先教会我该成为一个什么样的人，让我养成很多好的习惯；其次还教会我该如何去面对生活中的种种，让我学会自己去选择、去解决。

4

我有许多同学从小就羡慕我有这样开明的父母，有很多家长也羡慕我父母有我这么听话的小孩。其实，并不是我们其中一方的角色扮演有多好，这个过程是相互的，我们愿意为了成为更好的我们，一同去努力。

就像假如我的父母也逼迫我去做一些我不喜欢的事情，我也会反抗；反之，如果我做了触犯道德底线的事情，我的父母一定也会大发雷霆。但我们不会让这样的事情发生，因为沟通交流后总有更好的解决办法。

每个小孩的出生都是一张洁白的纸，是父母在上面写下了第一个字，而我们后来遇到的染缸奠定了我们一生的颜色。

站在一个孩子的角度，我觉得我的父母和伯伯的教育方式是让我们最舒服的，我们像一颗种子，父母负责种下我们，负责给我们浇水施肥，看我们渐渐长大，但当这颗种子的根能够自己吸收土地里的营养时，父母就该停止施肥了，从此，开枝散叶是我们应该独自完成的事情。

所以父母应该教会我们何为坚毅和善良，何为体谅和分担，何为沟通和分享，何为尊重和谦让，而不需要教我们何为悲伤和快乐，何为喜欢和厌恶，何为适合和舒适。对事物的这些感受是人类与生俱来的，就算身为父母，也不能同我们感同身受。父母喜欢的不一定就是我们喜欢的，父母期望的并不一定就是我们所期望的，父母想要的一生不一定是我们想要的，所以情绪化的东西还是由我们自己来定义吧。

只要这颗种子的根基够稳，又何必担心它之后的成长。

这是我对放养的认知，父母需要培养孩子的良好品格，而孩子需要自己选择之后的人生。

要相信那些美好和缘分的存在

1

作为一个写爱情小说的作者，我经常收到读者的留言：自己不相信爱情；要么就是，这只是小说，现实中根本不会有这么美好的事情。

令我觉得惊讶的是，有许多比我年轻的小姑娘也对生活丧失了信心。人生还有那么长，她们怎么就知道自己遇不到对的那个人呢？

在一次作者见面活动中，我有幸认识了一位作家姐姐，她整个人特别有气质，是那种会让人眼前一亮的人。第二日，她甚至穿上了旗袍，整个人有说不出的女性味道，让我忍不住频频看向她。

那位姐姐已经在写作上取得了很大的成就，刚写完的小说就可以卖掉影视版权。她说自己从大学开始就写杂记，在近百本杂志上发表过文章，后来在自己应聘某知名电视台的时候，这些成绩都成了优势。

那是一份令所有人都艳羡的工作，电视台在众多面试者中只招了她一个人，而且在之后的工作中，她也做得很出色。但一年之后，当大家觉得她会在台里有更好的发展的时候，她却毅然决然地辞掉了工作，专职写作。为此她顶住了巨大的压力，一个人面对着家人的不解、同事的不解，所有的关系都处理得很糟糕。

但她告诉他们：自己最热爱的事情就是写作，她不想让其他事情分神。

姐姐讲到这里，餐桌上鸦雀无声，所有人都被她的勇敢和坚定所感动。

后来她用自己的行动证明自己的决定是正确的，她在自己的写作之路上大放光彩，父母也渐渐认可了她的选择。但因为写作的性质，她大多数时间都会待在家里，很少与外人接触，眼看她就要 30 岁了，还没有对象，父母又开始操心起她的终身大事。

关于她之后的故事，是我们回到酒店开卧谈会的时候，她接着讲给我们听的。

2

作为这样一个集才华和美貌于一身的人，她告诉我们，她从来都没有谈过恋爱。我们纷纷表示不信，她健谈爱笑，又长得这么好看，怎么会没有谈过恋爱呢？

她告诉我们，以前想谈的时候家里不让早恋；后来渐渐地就找不到那种想谈的欲望了；而且她写了很多年的小说，生活中有许多时间都是活在小说里，而在现实世界，却会发现生活中并没有自己笔下的那种男人。

她说自己有点理想化，并且是一个“颜控”，所以她常常觉得自己在现实生活中可能不会爱上谁了，她爱人的能力正在渐渐退化，她有了一种准备孤独一生的念头。她说这些话的神情好像真的做好了决定似的。

我心里有些遗憾，说不出的淡淡伤感，我觉得每个人都应该被爱的，但现实生活中是不是真的很难遇到那个人？

从那之后，我们都回归到自己的生活当中，偶尔在微博上看到姐姐搞的赠书抽奖活动，但彼此没有刻意联系过。

几个月后，那个姐姐突然在朋友圈晒出了自己的结婚照和结婚证，以九宫格的形式，在我的朋友圈里那么显眼，我迫不及待地点开照片，看见与姐姐相拥的那个男的长得又高又帅，两个人看起来般配极了。

当日我们群里立马炸了锅，我们开始在群里严刑逼供，当我们听完她和老公的整个故事，不由得感慨，原来生活远比小说要浪漫和精彩。

3

那次我们聚完会，她一个人坐高铁回去。就在回去的那趟车上遇到了她如今的老公，当时她穿着红裙，而她的“老公”坐在和她相邻的那个位置上。

巧的是，当时她“老公”的手机屏幕上正是一个穿红裙子的女生，这样的巧合看起来多像命中注定。路途很长，是她的“老公”先开口对她讲了第一句话，然后他们越聊越投缘，又因是同一个地方的，所以回去后经常看电影、约会，在一起就自然而然了。

她说，单身那么多年，好像就是为了等他的出现一样，相亲了那么多次，遇到了那么多男人，却没有任何一个像她的老公这样，来得刚刚好，又好像已经相识了很久，好像注定相爱。

她告诉我们，永远别放弃对爱情的追求，缘分或许就藏匿在某个你不知道的角落里，而在缘分没有到来之前，就让自己变得更好，这样等有一天遇到那个真正对的人，才能更好地在一起。

4

我也是一个在爱情这条路上走得并不顺利的人，但好在我没受过什么大的伤害，所以仍对爱情怀着美好的憧憬和念想，但我不怎么相信缘分，我觉得那种概率特别小的事情不会发生在我的身上。

直到我大三那年的某天，我一个人到海边去散心。青岛的景区是可以沿着海岸线一直走的，我走累了就坐在海边的某个长阶上休息，把手机随手放在旁边后，开始眯着眼享受迎面而来的海风。

坐了一会儿后起身，但忘记了带走旁边的手机，被路过的一个男生看见，喊了我一声：“同学，你的手机忘带了。”

我转身便看见一个穿着干净的男生冲我温和地笑，而他的手上也拿了一个相机，和我同款的佳能入门级，我下意识地说了一句：“咱俩相机一样啊。”

闻言后，他举了举手中的相机：“买了没多久，正练呢。”

然后我们就不知不觉地聊了起来。他告诉我，他是一个人到这边来旅游的。我说自己在这边上大学后，他赶忙问我：“你知道天幕城怎么去吗？我昨天找了半天没找到，听说那里很漂亮。”

那天我正好没事，于是很乐意成了他的导游。

而更令我惊奇的事情还在后面，我们两个人竟然是同月同日生，只不过他比我小一岁，而且我们都姓曹。那一刻感觉人生真的是太奇妙了，好多巧合的发生让人不由得想，这不会是电视剧吧？

性格的相似，让我们在第一次的见面中就相谈甚欢，一起度过了很愉快的一天，最后他继续留在台东逛夜市，而我回了学校。

后来我们一直保持着很融洽的朋友关系，节假日相互问候。

我们相处的短短几个小时被我写进了小说里，发表后，意料之中又收到读者的评论：这样的巧合只能发生在小说里。

那一刻，我很想对他们呐喊：这是真的，千真万确。

但是我没有选择跟读者争辩，有些事情可能真的只有自己亲身经历了才会相信吧，就算是发生在别人的身上，大家也只会感叹，他们的命好，他们幸运，诸如此类。殊不知，上天对每个人都是公平的，而你没有遇到的原因，会不会只是因为那天微风正好，本该出门的你没有出门呢？

5

我会把生活不由自主地写进小说里，而我在小说里幻想的一个男生竟然也会出现在我的生活里，听起来像做梦一样。

在我的某篇小说里刻画过一个对生活要求极为严苛和细致的男主角，作为一个天秤座，他对于和谐和规律的坚持到了一种令旁人不解的地步。

比如他买一件衣服就会相应地买一个杯子，衣服的颜色和款式必须和杯子一样；当他出门的时候，上自眼镜、帽子，下至裤子和鞋子，包括他包里背的那只杯子，都要和谐统一。

当然他只是存在于我的想象中，现实生活中，我没有见过这样的男生。

直到某一年的元旦前夜，我和朋友们一起通宵跨年，但是当时没有订到任何 KTV 和酒店，我们在大街上游荡之后选择了回到学校的画室，我的朋友里有几个是艺术学院的学生，他们的画室可以整夜开放。

和想象中的不一样，整个画室乱糟糟的。我环顾一周后，只发现了靠墙的一张桌子是干净的，而且在抽屉里整整齐齐地摆了七只形态各异的杯子。

“你们画画还需要这么多杯子吗？”

“不是，他这个人很奇怪，对美的要求太高，是我们凡人到不了的高度啊。”我朋友说完后，我的心不小心漏跳了一拍，当时不知怎么的，就想到了我小说里写过的那个男生。

就这样，我认识了秦禹。

他的许多言论和行为都像极了我小说里的男主，不仅表现在他的穿衣搭配上，还包括他对家居的看法。

他说，如果他有房子，他会把所有的墙壁都去掉，令家里看起来通亮透明，家中的分布不是以房间，而是以区的形式，这样会给自己的心里带来许多空间感。

他描述这些的时候，我惊讶极了，当场就找出我写过的小说给他看：“你跟我描写的人物一模一样。”

“巧了！”他的脸上也露出十分惊喜的神色。就这样，我们还发现了许多小细节都像这般惊人地相似。

这是在枯燥乏味的生活中，上天给我们制造了惊喜，这样的巧合让我们不由得觉得生活中处处充满了温柔和美好。

秦禹也好，那个小我整整一年的弟弟也好，他们的出现，让我重新相信了缘分，原来世上真的会有那么巧的事，就像命运有了安排一样。

当我继续再面对生活的时候，就会少一些抱怨，多一些期待，因为生活值得我们用心去热爱，爱情也值得我们永远相信和等待。

你热爱生活，生活才会善待你

经常有读者加我微信后对我说，自己的生活一团糟。其中一个读者已经四十岁了，有一个儿子，但她每天都很焦虑，伺候完老公伺候儿子，觉得生活中总有忙不完的事情。而且她不能不服老，记忆力已经一天不如一天了，常常记不得东西放在哪里了，总是新的买回来才找到旧的。这样一来，整个人越来越烦躁。

她说，现在自己的眼里看不到一点生活中美好的事情，全是不美好、不快乐的。

眼下一个朋友要来找她玩，她很高兴，但她家中早已堆满了大大小小的东西，连个坐的地方都腾不出来了。她一会儿准备去给朋友订酒店，可人家好不容易来一次，总要来家里坐坐，所以她还要收拾屋子，而现在整个屋子像她的人一样，都乱糟糟的。

从她前言不搭后语的聊天记录中来看，她整个人的状态确实不怎么好，给人的感觉就是慌乱，而在这样一个恶性循环里，她似乎找不到自己的出路在哪里。

我的人生经验不足以帮助她，只好给她讲了几个朋友的故事，希望她能获得一点启发和帮助。

1

因为工作关系，我接触了许多人，其中不乏会生活的人。

印象深刻的有一个极简主义者，也是将近四十岁的年纪，有一个上高中的女儿，我有幸参观过她的家，不能说空无一物吧，但目及之处都干干净净的，没有一丝一毫多余的东西。而她选用的物品也都风格统一，没有夸张的花纹和修饰，一切都简简单单。

要知道在一个家庭里，每年的东西绝对是逐年递增的，渐渐地就会发现本来还挺大的房子，面积突然变小了，那些不知道什么时候买的东西就堆满了本该是人居住的空间里。

她说，曾经的自己也是不停地买买买，家里堆了一堆又一堆，每次整理的时候又发现什么都不舍得扔，但是后来她的家里着火，几乎烧坏了所有的东西，包括女儿最喜爱的一些玩具。

女儿号啕大哭，她就静下心来给女儿讲道理。她说："虽然我们有一些东西没有了，但你发现生活有任何改变吗？你所有喜爱的东西，它们在你的记忆里有任何消失吗？"

她说，这样的道理讲着讲着，她的心态也突然改变了，发现除却自身以外的所有东西其实都是多余的，是随时都可以割舍的，而我们想要拥有它们的原因，无非是自己的欲望。

现在的她欲望很小，需要也很小，每天留给自己是更多的空白和思考的时间，而非外物的充斥。

她告诉我，人生是要不断做减法的，而这个减法可以先由身边的物品开始，没有用的东西就不要买，该扔的东西就得扔。之后，减法就要从内心开始，将自己更多不必要的情绪也都断舍离，舍掉我们内心的惶惶不安，断掉对我们影响不好的过去，远离我们的困苦和悲伤。

这就是她目前的一种生活状态，她比许多人都过得快乐和平和，她的生活更像是一场修行。

2

还有一位做插花师的姐姐，她的生活方式是自己动手完成生活中的日常所需，她生活中很多用的、穿的，看得见摸得着的几乎所有东西都是她亲自做成的。

她平时最大的乐趣就是选布料，选装饰，选各种各样材质的零件，然后通过她的双手做成自己喜欢的样子。

她家里的一些枯树枝都能变成很好的艺术品，一些零碎的布料就可以成为一个很好看的包，几个不起眼的空卫生纸卷就成了一个好看的花瓶，甚至她从山上捡了一些石头，都为它们画了很好看的花纹。

这些东西都是在别人休息或者玩耍的时候，姐姐去完成的手工。她开着台灯钻研每一个细节，虽然很辛苦，但她从内而外获得的那种满足感和成就感是其他人所感受不到的。长此以往，她找到了一种真正适合自己的生活方式，每天都过得充实而开心，而且拥有很多朋友，她也经常把自己做的一些东西赠送给朋友。

她是那种真正用手、用心去生活的人。

3

朋友里还有一位厨艺特别好的人，他并不是一开始就会做饭，他是独生子，从小被宠到大，手上都没沾过水。

他的转变是因为他的失恋。

我曾在一个深夜接到过他的电话，当时他和女朋友已经分手整整一个月了，但仍然浑浑噩噩地过日子，喝了酒之后就开始说胡话。电话那头，他的声音也不清楚，只隐隐约约听到一些“我对她这么好，她为什么要跟我分手”之类的话。

那一刻，我突然想改一句名言：相爱的理由千差万别，分手的借口都整齐划一。

我不知道该如何安慰他，于是只好静静地听，说累了，他就睡着了。我想，那段时光应该是他最难熬的时候，但他必须自己一个人走出来。

而最后拯救他的，没想到竟是做饭。

他有一次窝在被子里刷微博，看到一段做饭视频，很喜欢，于是抱着试试的态度开始了他的第一次做饭探索，没想到效果还不错，当饭菜飘香的那一刻，突然就有了要好好生活的决心。

他会很认真地去选菜、择菜、切菜，很专注地去调每一次的火候。他说急性子是做不好饭的，而他也在每一餐里找到了一种名曰收获的意义。

“你看，只要你付出，就会有一盘香喷喷的饭菜，这样的一场交易是不是很有意思？”他这么告诉我。

我看着眼前的他，早已没有了起初失恋时颓废的样子。

因为做饭，他的作息开始变得规律。以前他醒得也很早，但他不会起床，会赖在床上打游戏；现在他会选择起来做饭，研究他的下一道新菜，中午和晚上也是，成了他雷打不动的做饭好时光。

他做出的新菜越来越多，每天想去吃他做的饭的人也越来越多，他整个人呈现出一种特别积极向上的状态。

他说生活可能像烹饪一样，总要安下心来慢慢来。就是那样一盘小小的饭菜，温暖了我们的胃，也温暖了我们的生活。

现在的他，已经完全走上了生活的正轨，虽然还是会想起他的前女友，但不会因为一个人的离开而颓废下去了，因为他还有自己的生活要好好过。

4

而我对于生活的态度，准确地来说是记录。

我没能像那位极简主义者一样，将自己和自己的家弄得神清气爽，也不会做一些精美的手工品，但我会用镜头和文字将我的生活悉数记录下来。

吃的、用的、遇到的人、好看的风景都一一收录到自己的笔下和镜头中。

有时候我会因为一个角度而摆弄半天，只为了让景物在照片里看起来更和谐一点。很多人不明白我这种费心费力记录的方式，觉得生活应该是重在体验的，而非整理和记录。但是当我开始记录生活的那一刻，心中会涌起对生活的敬畏和热爱，我希望自己记录的都是我开心大笑的样子，也希望当我看自己的照片和文字时，是一种美好的回忆。

所以，很多时候会为了能够留下一些美好的东西，努力地过好当下的生活，比如我发呆的时候会拍一拍墙角的阳光，我难过的时候会拍一张自己的笑脸，看书的时候会拍一拍书里的文字。这些很微小的东西都是生活中容易忽视的细节，而我喜欢通过另一种方式把它们统统捡起来。

我的生活并没有过得马马虎虎，我对自己以往的生活通过记录的方式又加深了记忆。的确，我们并不是为了回忆去生活，但也不能否认，我们当下的时光有一天都会成为我们的回忆。

同样的道理，如果想让回忆变得美好，就要停止抱怨，用心地去过好当下。你热爱了生活，生活自然也会善待你。

5

我们不能说哪种生活方式就是对的，也不能一味地去模仿别人，最重要的是应该在漫漫的岁月中找到最适合自己的生活方式。

还记得我给那个读者讲完这几个故事后，读者斩钉截铁地评论："他们很幸运，因为他们没遭遇过我那样的事，让他们遭遇试试。"

我没有告诉那个读者，故事里的那位极简主义者，她的丈夫在那次大火中烧伤了腿；那位喜欢做工艺品的姐姐患有先天性疾病；还有我那个爱做饭的朋友醉酒后差一点出了车祸……

"你的经历太少了。""你没有像我这样遭受过巨大的挫折。""你的生活太顺了。"这些是只有小孩子才会说的话，因为谁的遭遇都不比谁的更轻微。

别人的问题看起来总是小菜一碟，别人的生活看上去总是其乐融融，别人的孩子好像总是乖巧听话，因为积极生活的人并不愿意显示自己不容易的那一面，也不愿意去展示自己的伤疤。

所以并不能因为一个人无忧无虑就断定对方未经历世事，也并不能因为一个人生活幸福就断定对方比自己幸运。

那些生活中真正的英雄，是把所有的不容易变成容易，遇到问题就解决，难过了就大哭，然后擦干眼泪继续笑对生活。生活是需要经营的，如果我们好好对它，它就会好好待我们。

所以在我看来，人活一世，首先明白何为人，其次明白何为活，最终才能好好地过完自己的一生。

只要用心改变，生活就会很有诗意

在很长的一段时间里，我都不敢跟他人说自己是文艺女青年，不想让别人觉得我跟他们不一样。我知道做到不在乎别人的目光很难，至少我不想听到任何“装”“矫情”之类的形容词出现在我的身上。就这样，那时的我太关注他人，反而忽视了自己。

我是后来偶然的机会，遇到了一些把生活过成诗的人，我突然意识到所谓的理想主义者是想去过自己喜欢的生活，而那些英雄，他们已经过上了自己喜欢的生活。

人各有命，我们每个人走的路注定都会不一样。在这条路上，有太多除了自己别人无法承担和分享的福祸喜悲，无论是哪条路，我们都要付出相应的代价。但只要我们付出的代价能够换取自己内心的安宁，那就是最好的生活。

而文艺青年这个词只是对某些人不够准确的定义，他们只是将关注点放在眼前的生活中，并且从中努力找出美好和乐子。

现在的我已经不急于给自己加一个标签，也不在乎其他人眼中的自己会是什么样子，只是单纯地想要过一过自己梦寐以求的诗意生活。

与其说诗意生活是一种生活方式，不如说是一种心态和一双发现美的眼睛。如果我们想要诗意，那生活一定就是可以诗意的。

我有在夏天买柠檬的习惯，喜欢柠檬那种酸酸而又清爽的味道，而每年做一点蜂蜜柠檬水是我最喜欢的事情。

用好看的大口玻璃杯装好切好的柠檬和蜂蜜，将其放在冰箱里，三四天后再取出，打开瓶盖的那一刻，真的是让人忍不住想重新定义快乐，好似全身的细胞都肆意地张开，满足感一下子充斥了全身。

然后迫不及待地夹几片柠檬泡水，那样的酸酸甜甜大概是记忆里关于夏天最好的味道了。

于是一杯柠檬水、一本心仪的书就可以度过一整个炎热的下午，虽然身上汗涔涔，但心情是无比愉悦的。

诗意并不是飘飘然地在云端，相反应该真切地在大地上生活，并非轻浮呻吟。

平日里，我很喜欢散步，即使手头永远都会有忙不完的事情，我也会抽出二三十分钟来散步，穿一件宽大的衣衫，只带一把钥匙出门。

路上通常很安静，偶尔有风温柔婆娑。我习惯走走停停，仰头看着万家灯火和繁密的树叶，那些从树叶罅隙中投下来的灯光刚好照亮了自己的半只鞋子。一切都是那么恰如其分，所以连脚下的步子都不知不觉地变得轻盈。

有下过雨的青砖，有带着青草和泥土混杂味道的空气，还有等红绿灯的行人，那是最本真的生活，而生活的本身就是诗意的。

就像去海边的时候就不要害怕海水打湿裙子，野餐的时候就不要责怪草地里的蚊虫，吃美食的时候就不要顾忌自己的形象，抛开所有的束缚，才能真正感受到生活带给我们的美好。

跟许多人比起来，我的生活算是劳累和狼狈的了，也没有像许多女生那样过得很精致，直到现在我也不会化妆，洗脸的时候连洗面奶都不用，没有做指甲，也没去买首饰，衣服也不过只有两身替换。

我大多的时间都在外面奔波或者蓬头垢面地待在房间里码字，虽然没有像朝九晚五的工作者那样被时间束缚着，但生活中的疲惫和不安也常常伴随着我。但是可能跟其他人有些微的不同是，我可能更热爱生活一点，努力将自己的每一天过得文艺和异彩纷呈。

买化妆品的钱可以省，但买书籍的钱不能省。我会花很多的时间用来挑书和看书，为自己编织一个强大的精神世界。

买零食的钱可以省，但买咖啡和花的钱不能省。我喜欢在生活里追求一些浪漫的元素，可能在某个地方小坐一会儿，就能开心一整天。

缩短一些逛街的时间，更多的时候，我去酒吧里听听民谣，去展览馆里看看画作，或者坐上火车到某个古镇上，还喜欢去做一点 DIY 手工，或者到广场上去放放风筝。

这是抛开刻板的工作和压抑的情绪后，另一个不一样的世界。

有人曾给完美定义过，完美是早晨自然醒的时候闹钟刚刚响，洗澡的时候水温刚刚好，吃饭的时候刚刚饱。

这样的完美可以说颠覆了许多人的观念，它变得简单而又可行，但当我们细细想一想，又觉得好像确实是这么一回事儿。

所以能够真正取悦我们的，恰恰是生活中一些很小的事情。诗意和幸福就在我们身边，只是我们选择视而不见。总是在羡慕别人的生活，羡慕别人那么悠闲自在，却从来没有想着对自己的生活做出丝毫的改变。

认真看一本书或电影，亲手栽一盆花，用心和别人交谈一次，这些我们都能做到，都能带着爱和微笑在诗意的生活中找到属于自己的小确幸。

活成自己喜欢的样子

好友最近喜欢上了一个人，从此我和她之间的话题总是围绕在那个人身上。陪她逛街买衣服时，她问我："你说他会不会喜欢我穿这个颜色呢？"

她从前疯疯癫癫的，喜欢上那个人之后，总是陷入自我否定中，还问我："你说他是不是应该喜欢文静的女生？"

一段时间后，她跑来跟我说，她决心追他，问我知不知道应该怎样追求一个人。我只能向她老实交代，不知道，因为我从来没有追过别人。

其实我不是有多么高傲，也不是多么享受被别人追的过程，我只是不想因为一个人去妥协，去改变自己。

生活中，常常听到这样的桥段：

"你觉得我哪里不好，我可以改。"

"你喜欢什么类型的女生，我努力变成你喜欢的样子好不好？"

为什么喜欢上一个人一定要把自己卑微到尘埃里？又是一种怎样的欢喜，可以让一个人一味地妥协，只想变成对方喜欢的样子？

要知道，如果对方不喜欢你，无论你怎么改变，他都不会喜欢你。

好友的改变我看在眼里：从来不穿裙子的她开始穿裙子；明明不喜欢灰色，却买了很多灰色的东西；每次给那个男生发信息都小心翼翼，一条信息要思量很久，挑他喜欢的话题，迎合他的口味……

我有些生气地对她说："你不要一味地改变自己，做你自己不好吗？他爱喜欢不喜欢。"

她也许是看我真的生气了，略带委屈地对我说："可我就想和他在一起啊。"

其实我只是很心疼她，我觉得世界上没有任何一个人值得你为他连你自己都不要了。

我以前也很喜欢过一个男生，他很成熟，也很有气质，我不止一次幻想和他在一起后的样子。我知道他喜欢成熟大气的女生，也知道他喜欢女生留着干练的短发，我知道他关于理想对象的太多太多。但我还是义无反顾地选择做我自己，不够成熟，也不够大气，而我当然也不可能为了他剪掉我蓄了很久的长发。

我不是不够喜欢他，而是比起他，我更喜欢自己。而我也一直坚信，我一定会遇见那个合适的人，我不用为他改变丝毫，我刚刚好就是他喜欢的样子。

好友最终还是决定跟心仪的他表白，当时我陪在她身旁，她说："如果我被拒绝了，我还可以抱着你哭一会儿。"她牵着我的手，用了很大的力，把我的手都掐白了，只有我知道她当时多么紧张。

男生终于开口了："你为我做的很多改变，我都知道，其实你不用为我做这么多。"如果这就是故事结局的话，我估计我整只手都会废了。

幸好，男生随后又说："因为我更喜欢你原本的样子，那个率真自然的你。"

好友跟他在一起了，而她也变回了之前我所熟悉和喜欢的样子。我想，这真是一个美好的故事，虽然过程曲折，但是结局皆大欢喜。

可是，又有几个人会和我的好友一样幸运呢？其实大多数人会说"也许你真的为我做了好多，但是我真的不喜欢你"吧。

爱情被我们赋予了太多新的含意，是取悦，是妥协，是改变。而最好的爱情状态应该是彼此都做最真的自己，优点发扬，缺点也能够接受，无论是付出还是爱，都应该是交互而又平等的，甚至不用一方先开口表白，而是两人早已达到一种默契，走在一起也是顺理成章的事情。

我们要改变，但永远不要为别人改变，今生唯一能取悦的人，只有我们自己。

朋友是我们一生中最宝贵的财富

一个相识了14年的好友在假期的某天，突然来我家找我。

没有接到她任何要见面的信息，甚至她都不知道我是否在家，就这样，用了最简单而又粗暴的方式，直接找到了我。

在这个以网络为主的时代里，那些用冰冷的手机来维系的感情中，我竟然忘却了好友见面还有如此一种方式。

开门的那一刻，我真的有些吃惊，但只有一刹那而已。因为太过熟悉的面容，所以我有些分不清现在是何年何月，条件反射地开门让她进来。真的有那样一种感觉，原来，时间在我们面前都退了步。

她熟络地进来，并且坐到了沙发上。我瞅了她几秒钟，说道："你怎么这么黑了？"

"学车！"她没好气地说。之后，她的话匣子打开，跟我讲起了学车的一些辛酸与欢乐。即便她说的人我一个都不认识，但我依然听得津津有味。

她的语气，她的表情，她的动作，都给了我时间停止的错觉。

因为一直在聊天，所以都忘了待客之道，聊了好久之后，我才想起来让她吃东西，怎么说也要招待一下她。

“你快伺候我喝点水吧，渴死我了。”我一下子被她的话逗乐了，不愧是多年的老友，还真不把我当外人。

我到餐桌那边给她倒水，问道：“凉水还是热水？”

她很大声地跟我喊道：“温水！”这语气，把我伺候她当作很理所当然的样子。

其实，自高中我们不同校开始，两人真的很少联系，从来不在任何通信工具上聊天、留言或者是刷动态，上了大学之后，更是一年半载都见不到一面。

奇怪，怎么我们的关系一点都没有变淡呢？

我的心理学老师说得很对。她说：“两个人的友谊达到一定程度后，那么之后就算不联系，感情也不会变淡了。但是很多人恰恰就是感情还没有到那个程度的时候，就已经分开了，以后再相遇，就会感到陌生。”

我不过才22岁，没想到，我却拥有了这样一段友谊。

细细想来，我们两个人好像从来都没有特别好过，在对方的身上也没有友情的占有欲，也从没以最重要的朋友的身份在对方的生命里存在过，甚至没有送给对方一个像样的生日礼物，也没承诺过做你一辈子朋友。

但正是这样一种几近于平平淡淡的友情，让我没有想到的是，我们会陪伴彼此走过14年之久，或者说更久。

2

前几天听一个老师谈她那正在上幼儿园的小孩。老师说，关灯后没多久，孩子忽然趴在枕头上呜呜地哭起来，说不想和小朋友们分开。老师就各种哄："又不是永远分开，还在同一个幼儿园，只不过是不同班，下课后在院子里玩的时候就看见啦。"

孩子听到最后这句更难过起来，说："可是如果在玩的时候碰到，想起来我们不在一个班，我就会更难过。"他把那种"纵使重逢，物是人非"的忧伤，非常准确地表达出来。直到完全睡着，他的小脸上依旧是深深伤心。

我小时候，也这样呢。好像每一个小孩子都这样吧，我们眼中的世界一定是纯粹而又美好的，所期盼的朋友也一定是那种一辈子都不会分开的好朋友。那些要好的小伙伴，几天不见，就特别想念，甚至怎么也想不明白，为什么要分班，他为什么要去另一座城市。

我也曾在母亲面前哭得一塌糊涂，我说我不想和谁分开。母亲说，人生就是这样，有不断的离别呀。我问，为什么一定要有离别？母亲又说："离别是为了有一天你们更好地重逢啊。"

多么美好的期许。母亲还是骗了我，她好像还是不忍心直截了当地告诉我，这个世界上没有像童话一样的永远。

进入大学以后，我遇到了各种各样的人，也遇到了许多合拍的人，正当我以为我们会友好一辈子的时候，对方却悄无声息地离开了。

现在的自己，遭遇过朋友的背叛、厌恶以及憎恨，也见识到了虚伪的嘴脸，我越来越能够接受分离，我们顺路就一起起程，我们不顺路便挥手再见。我们交好，我们分离，告别似乎成了一件很常见的事情。

但是有旧的朋友离去，就会有新的朋友进来，而只有那些经过时间考验的朋友，才是自己生活中留下的最真的朋友。我们需要做的就是，当在一起相处的时候就好好珍惜，这样等哪天分开了也不会觉得有遗憾。这并非悲观，而是像歌词里唱的那般："谁都不必再对过往说抱歉，至少我们还有最美从前。"

每个人注定都是孤独的，总有一天，我们会习惯生命里的人来来去去。

3

后来，有很多人问我，为什么我每天都精力充沛，身体里有源源不断的动力，遇到困难也没见过多沮丧，而是依然乐观对待，难道没有坚持不下去的时候吗？

我告诉他们，疲惫、失望、无助的时候，我当然有，毕竟活着的艰辛是每个人都要经历的，但那些坏情绪不会让我持续太久。至于为什么，我想，同我遇到的很多人，以及我交好的很多朋友有密不可分的关系。

整个世界像一盘散沙，那些合拍的人才会聚合在一起，而我有一天突然发现，我的生活淘沙之后留下的，往往是和自己相似的人。

目前我身边的朋友，他们大都怀有梦想，想通过自己的努力过上自己想要的生活，看到他们就像看到我的影子一样，在光下真实映照。我们的联系也并不频繁，只是想起彼此时偶尔问候一句，但有时候我们的相遇本身就是一种意义。

他们的存在告诉我，我不是一个人在奋斗，每当我想起他们，我就浑身充满了力量。与其想着哪一天我们的关系突然冷淡下去，不如多为彼此祝福。我们都是努力的人，我笃定地相信，上天会眷顾我们。

也谢谢我生命里来了又离去的许多人，欢笑哭闹也好，争吵甜蜜也好，背道而驰、分道扬镳也好，是曾经出现在自己生命里的他们，让我变成了此时此刻的自己。

哪怕是擦肩而过的陌生人，我想，我也心怀感恩。

父亲是我前进路上最温暖的力量

1

其实看到我，差不多就能看到我的父亲，不仅是外貌方面比较神似，爱好方面也趋同，他平日里写诗、练毛笔字，也拍照。

他和母亲都是那种很开明的人，会跟着时代的节奏去走，我做新媒体的时候，父亲也跟着我一起玩。他先后开了微信公众号和微博，自己制作了二维码后缀，写了一句他喜欢的话：浪有千重，长风万里。

他像我一样，很注重生活里细微的风景，我们一家三口出去的时候，回来总能看到他微博或者公众号的更新，我和母亲总是讶异地问他："你什么时候拍的？没看见你拍啊！"

这时父亲就会嘿嘿一笑。

当时在家里，刷着父亲更新的照片和诗词也不觉得有什么。但是到学校之后，再翻到父亲的动态，就觉得格外动容了，因为想念。那样的感觉就像心爱之人用指腹温柔地覆上我耳后那柔软而又纤薄的皮肤，只觉周身发颤，但当你想去覆上他的手时，空落落地，只剩了空气。

想哭，又觉得自己很矫情。

2

父亲少话、不苟言笑。我小的时候，他特别忙，我和妈妈几乎每天都在等他吃饭，妈妈也经常接到父亲的电话，电话里总说："今晚装车，不回家吃饭了。"

我问妈妈装车是什么，妈妈解释道，装车就是把货物装到车上。我似懂非懂地点点头，然后问妈妈："爸爸为什么每天都在装车？"

"因为那是爸爸的工作呀。"

那时的我其实根本就弄不懂什么工作、职业诸如此类的词语，学校填表，总要填父母的职业和工作单位，我不明白为什么父亲的职业明明是会计，工作地点却在冷藏厂，而且每天做的事情是装车。

我也会偷偷看其他同学的表格，看他们在那一栏里填教师、医生、个体等等，然后心里泛起不小的羡慕，他们的父亲应该会有很多节假日吧，会有很多时间陪伴他们吧。

反观我的父亲，终日忙碌，一年只有过年的时候才歇上那么几天的班，也只有那几天，我们一家三口才能一起出去玩。过年那几天，以我期盼和兴奋的心情开头，一到初六，又有些空落落地结了尾。那时对时间的概念有些模糊，只知道那几天过得特别快，一转眼父亲就要离开了。

初六清晨，再次听见父亲发动摩托车的声音，心里难过得像是被水淹了一般，湿湿的。而父亲的时间观念又特别强，每天都要提前半个多小时上班，所以感觉父亲整个人都扑在工作上。

“为什么要去那么早啊？”

“因为爸爸要去开门啊。”我的眼睛情不自禁地移到父亲的腰间，看见父亲的腰带上总是挂满了一大串钥匙，家里那少得可怜的三把钥匙，被父亲工作上的钥匙挤得连存在的地方都没有。

开始的时候，我确实怪过父亲，但后来就习惯了。

记忆里，母亲也抱怨过父亲，嫌他太拼命工作了：“闺女都生病了，你就不能请个假？”我已经记不清父亲最终到底有没有请假了，但我却清晰地记得母亲教导我写《父亲》那篇作文时，告诉我要做一个像父亲一样耿直、有责任心的人。

那是我上小学一年级写的作文，也是我人生中写的第一篇作文，题目就叫作《父亲》。

“我的父亲是一位普普通通的工人，瘦瘦的，中等身高，皮肤白净。父亲对待工作勤勤恳恳，任劳任怨，他是一位富有责任心的人。哦，我的爸爸真伟大。”

就这样写了几个短句，前几句都是母亲告诉我的，当时我连工人是什么意思都不知道。当然最后一句是我写的，那是我在课本上积累的好句，我觉得用在爸爸的身上很合适。

写完之后，想等爸爸下班给他念，但是很晚都没有等到。那个傍晚，母亲做着家务，我在房间里做着功课，我们一起等父亲，直至天色黑下来。写字桌前的窗外永远都是灰蒙蒙的天，万籁俱寂，我对父亲车子的声音格外敏感。

“爸爸回来了！”我兴奋地冲母亲大喊。我话音刚落，就会听见父亲停车、开门的声音。

日复一日地等待，对父亲摩托车声音的熟悉程度无以复加，甚至有一次和母亲出去散步，在胡同街头又听见了熟悉的摩托车声，于是我冲着那个骑摩托车的人大喊：“爸爸！”

妈妈突然拽住我，哭笑不得地说：“你这孩子怎么乱认爸爸呢？”

原来，那个人不过是骑了和父亲同款的摩托车而已。

母亲又开玩笑地问了我一句：“怎么，你想换个爸爸了？”

我却以为母亲是认真的，然后十分紧张又坚定地说：“不换，妈妈，不换。”

“你不是老说别人家的爸爸好吗，怎么又不想换了？”

“那不一样，我的爸爸是最好的。”

3

就这样，十几年过去了，父亲从摩托车换上了汽车，我家从平房换上了楼房。而我也渐渐了解父亲的工作，那是一个巨大的冷库，里面放满了需要冷藏的各类东西，父亲每次进去都要穿厚厚的军大衣和长长的靴子。每分每秒，冷库里冰冷的气息都直逼父亲每一个细微的毛孔。那样恶劣的环境是极不利于一个人的身体健康的，而冷藏这样一个行业，父亲整整做了 20 年。

他从来没有抱怨过上司的吝啬，没有抱怨过同事的懒惰，他把所有的事情都往自己身上揽。母亲常叮嘱我：“嘘，小声点，爸爸太累了，他睡着了。”我似懂非懂地看着打着鼾的父亲，却没法体会到父亲为何而累，有多累。

曾经不懂事的我还为父亲写过一封信——《这么平庸的你，甘心吗》，那时的我心比天高，狂妄自大，信里大约是写像父亲这么有才的人，甘心一辈子就这样碌碌无为，一年如一日地做烦琐的事吗？我怪父亲的平庸，怪父亲不能坚定地追求他的梦想。

几天之后，我收到了父亲的回信。父亲说，他也不想啊，但是小时候家里穷，他又是老大，他要为这个家付出，他宁可自己落下学业也不能让弟弟们落下学业，他要去地里耕作，他要赚钱，要养弟弟、养父亲。

文凭和梦想固然重要，可是梦想之上还有现实。没有办法，现实就是这个样子。收到父亲的回信，我真的好久都没有那样大哭过，父亲的苦，父亲的无奈，父亲的伟大，我又何尝设身处地地想过？我只是一味地说父亲平庸。

父亲在信里说他已经很满足了，有一个漂亮懂事的女儿，温馨和睦的家庭，这样的生活真的已经很好了。

4

父亲的生意是在我读高中的时候每况愈下的，那时我总能听见父母在说悄悄话："今年的生意不好做啊。"父亲的整张脸上似乎都覆盖着浅淡的愁云，我偷偷翻开父亲的日记，他说生意越来越不好做了，过了年再去找找新工作吧，还这么年轻，总不能这么闲着。

但我并不能理解父亲的心情，毕竟养家糊口这个词对我来说体验并不深刻。我只知道我很开心，因为父亲终于有假期了，有时一天，有时半天。

刚开始和父亲一同待在家里，我觉得就像做梦一样，听见父亲的拖鞋摩擦地板砖的声音我也觉得异常安心。父亲也有时间接我放学了，他的车停在学校北门口始终如一，高中那么高压的学习情况下，每天一放学就看见父亲的身影，是我以前从来不敢想象的幸福场景。

再后来，厂子破产，父亲也成了失业大军中的一员。就在所有人都让爸爸找新工作的时候，我却执拗地拉住父亲的胳膊："爸爸，别找工作了，你歇歇吧，我来赚钱。"

父亲笑着回答我："等你长大能赚钱了，我也退休了，我就做做自己喜欢做的事，读读报纸，练练书法，喝喝茶，写写诗，散散步。”

现在父亲找的工作相较之前的轻松了许多，但每当想起父亲曾经做了一份辛苦而又乏味的工作二十多年，我就觉得很惋惜。

我们彼此生活的年代不一样，我出生的年代比他幸运多了，我可以把我的兴趣和我的工作相结合，但他不可以。他把他的认真和刻苦，把他最美好的青春岁月奉献给了一件没有任何回报的事情，而不是奉献给自己，他一去不返的时光终究成为推动历史长河的一粒小小的沙。

但如果有人问父亲一句：你后悔吗？

他肯定会答不后悔吧。

所谓的后悔是一个人有所选择，但他选择了经时间验证并不怎么好的那个。父亲那代人，他们没的选，又何来后悔一说？如果时间倒流，任何兴趣爱好仍会被埋没，任何时光仍会做着自己不喜欢的事儿。

5

我很珍惜我现在的生活，虽然有时候会很辛苦，但不是每个人都能睡到下午 4 点钟，不是每个人都可以有一场说走就走的旅行，这样的自由是以前任何时代都求之不得的，这样的自由也是无数家长没有办法想象和支持的。

时代真的不同了，我很想让父母也体验一下这样的自由时光，至少填满青春的空缺，这也是我平日里这么拼命的原因之一。

还记得父亲节那天刷爆微博的九张图，其中一张是文艺浪漫型爸爸，上面总结了六条，我的父亲竟然全中：有才气、有学识，自在自足，不爱攀比，追求精神世界的富足，并不强求你的学习成绩，以你快乐健康最重要。

父亲强大的精神世界啊，真的是我望尘莫及。不过，正是父亲富足的精神世界做我的后盾，我才得以坚定地走到今天，不怕跌倒，不怕受伤。

那是前进路上，最温暖的力量。

后 记

写下正文里的最后一个字时，我突然觉得有些不舍，就这样结束了？显然这一刻我是完全忘却了自己在书桌前冥思苦想的那些时刻，可能人都有这样的自愈能力，经历过的那些困难和痛苦都不会一直伴随着我们，那些觉得死活都坚持不下去的时刻，咬咬牙都能坚持下去。

在写书的过程里，我心里曾想这辈子再也不想写书了，但当这本书真正完成又会觉得我还有精力写下一本的，不知道这算不算是一种强大的韧劲。

还记得大一刚入学时，同学送给我一本苑子文、苑子豪的书，趁着舍友都出门上选修课，我自己留在宿舍里读起来。在床上支起一个小桌子，开一盏白色的台灯，沉浸在另一个更为静谧的世界里，我花了一晚上把那本书读完，舍友回宿舍都没听到。

当时苑子文、苑子豪在书里描写过一个很心酸的场景：忙完学校的事情后已经深夜，但回到宿舍后还要继续整理书稿。

但我并不觉得这样很辛苦，更多的反倒是羡慕。我心里想着要是有一天我能够写书，再忙再累我也愿意。没想到这一天到来的时候，我突然就明白了他们的心情。

写这本书的时候，自己的公司刚刚起步，团队需要组建，和各个合作伙伴的关系需要巩固，然后处理各种各样的事宜，白天几乎都要在外面亲自去盯一些事情，很晚的时候才会到家。但无论回来多晚，我都会打开电脑写文章，有时候难以进入状态时就翻看之前的日记，思考着我还可以写些什么，又能够写些什么。不同于虚构的故事那般，这本书里的每一个字每一个人物都是真实的，它们都曾出现在我的生命里。

完成一本书真的很不容易，但是因为喜欢和文字打交道，倒也能够在不知不觉中坚持下来。很想在大四之前出版，算是给自己大学的一个总结，同时也是给自己最好的毕业礼物。所以写得不好的地方请大家多多包涵，也谢谢你们能够读到最后一页，见证了一个女孩的成长。

此刻已经零点了，我写到这一行突然有点想哭，想到了生命里出现过的许多人和许多事，也感恩命运如此厚待我。谢谢一直以来支持我的父母和家人，是他们的开明和鼓励让我有信心走到今天这一步；谢谢我的编辑，在我写作路上给了我许多帮助；谢谢栽培过我的老师们，也谢谢陪我走到今天的朋友们，承蒙你们的关照和爱护，让我在人生的这条路上得以温暖和宽慰。

我知道像我这样一个脑回路和别人不一样的人不在许多人

的理解范围之内，而我平日里也不屑于去讨好、谄媚，更不懂什么人情世故，说话也不喜欢拐弯抹角，真正和我相处起来不见得是件容易的事，但我还是很喜欢自己的性格，好像这样会主动过滤掉一些生活中的虚情假意，留下最真的人陪在自己身边。

以前读书的时候最喜欢看作者写的后记，觉得那是作者写给读者的悄悄话，是除却正文后最温情的篇章，而且最重要的是我发现后记真的是可以随心所欲地写。

我突然很想和大家分享我家今天发生的事情。

晚上 8 点钟左右，我和父母一起视频聊天，母亲一脸难掩的喜悦，她迫不及待地告诉我："我要赶紧跟你说说我们今天发生了什么。"

原来这一天里，我的父亲竟然中了四次奖，三次是在公司的抽奖会上，一次是在超市里，最大的一次中了两千元钱，运气好到连父亲自己都不敢相信，他当即便和母亲去了超市，给母亲买了一条项链戴上。

父亲所有的同事都怂恿运气爆棚的父亲去买彩票，但父亲摆摆手说："哪能所有的好事都落在你的头上啊？"

听闻，我有点按捺不住，十分激动地对父亲说："爸爸，你应该去买彩票的，我们错过了一夜暴富的机会，哈哈！"

我的话虽然这么说，但我深知父亲的性子，一生踏实认真，用努力去换取回报，从来没想过要一夜暴富，也从不把希望寄托在虚无缥缈的东西上。

但这次的抽奖活动足够让我们家乐好几天了，那是平淡生活中突如其来的小惊喜。你看，生活真的就是这样，不知道哪个时刻好运气就会偷偷到来，所以一定要对生活怀着美好希望和期待啊。

最后，我就来写写自己的人生规划吧。

在我 25 岁之前，我仍会像现在这样折腾，想做什么就会立刻去做，然后尽量攒一点钱。在 25 岁之后，我准备开一个咖啡馆兼民宿的小店，闲暇的时候就坐在里面喝喝咖啡看看书，招待一下来自五湖四海的朋友。

可能那个时候，我的朋友都混成了知名的律师、摄影师、编剧或者是作家，即便我仍然一事无成，也觉得没关系，过得快乐和幸福就好了。人的一生不一定要取得多么大的成就，而是成为你最想成为的自己。

我过着梦寐以求的诗意生活，得到了毕生追求的自由。或许许多年过去后，大家都会反过来对我说：缦兮，很羡慕你，这么多年来，你一直都在做着自己最喜欢的事。

请相信，你，我，我们都会成为更好的自己。

最后祝亲爱的读者朋友，都能敢想敢做，梦想成真。

曹缦兮

附录：我的人生清单

1996 年 6 月，我出生了，头发稀疏，呈黄色，我很胖，也很丑。虽然我是个女孩儿，但爸妈依旧很爱我，我是他们爱情的结晶。父亲为我取名叫佳琦，希望我像一块上好美玉那样洁白无瑕，但不知道是不是因为名字里带着一个奇，所以导致我是一个很奇怪的人，也敢于和别人不一样。

1997 年 6 月，我 1 岁了，我一见生人就哭，是个很不讨人喜欢的小孩。

1998 年 6 月，我 2 岁了。这一年我断奶后，挑食挑得厉害，只吃鸡蛋，我一下子瘦了下来，之后，我再也没有胖过。这一年，我第一次开口叫爸爸。

1999 年 6 月，我 3 岁了，母亲教了我很多儿歌、古诗和生词，我最爱母亲给我讲的童话故事，王子和公主从此过上幸福快乐的日子。母亲也把我打扮成小公主一样，她把父亲送给她的水晶项链重新穿了穿，戴在我的脖子上。母亲带着我美美地出门，哪里人多去哪里，我终于不怕生人了，而且会向别人微笑了。

2000年6月，我4岁了，我跟邻居家的小伙伴一起玩，好多游戏我们都玩过。从那时开始也许就注定，我的童年一定很快乐。

2001年6月，我5岁了，这一年我上幼儿园中班，我掉了第一颗牙齿，我跟幼儿园的小伙伴玩得特别开心，也学到了好多知识，可我不喜欢睡午觉，因为睡不着。但是也不敢动弹，死死地闭着眼睛，那是我最害怕，觉得最漫长而又孤独的时光。

2002年6月，我6岁了，我以满分的成绩，顺利从幼儿园毕业，我得到的小红花贴满了我家的整个墙壁，我得到老师无数次的表扬。大概从那个时候开始，我就习惯去做一个好孩子、好学生。

2003年6月，我7岁了，上一年级，我当上了班长，而且一当就当了六年，时至今日，回想起来，那六年大概是我最“女汉子”的时光。而那样一种已经融入我血液的能力，也让今后的我不再顾盼与渴望。

2004年6月，我8岁了，我第一次在升旗的时候代表班级讲话；我第一次带领全班同学读汉语拼音；我第一次演讲比赛获奖；我第一次作文被刊登。那一年我经历了我人生中好多的第一次，与之后的无数次相比，第一次显得弥足珍贵。

2005年6月，我9岁了，我遭遇了迄今为止最大的灾难，那天天阴得厉害，像黑夜一样，我被老师留下来打扫卫生，因为第二天学校卫生大检查，她觉得我一定能打扫好，而这原本应该是老师的职责。我放学比所有人都晚了，出校门走了一段时间，狂风就刮了起来，然后我重重地摔倒在地上。那天，我以为自己要死了，在桥头碰见了向我奔来的母亲，我在母亲的怀里哭起来。后来读鲍尔吉·原野的《怀抱》特别有感触，他说：孩子的脆弱的心灵化解不了一场惊变，而母亲的怀抱仿佛是一块海绵，缓缓地吸收孩子的恐惧，直至平复。但是，最让我难过的是老师的态度，第二天，她并未过问我的遭遇，也并未意识到她的不负责任差点让一个孩子丧命。那是我迄今为止最厌恶的老师。

2006 年 6 月，我 10 岁了，我得了肠痉挛，疼起来是那种揪心的感觉，没有遇到被老师送到医务室的温暖情节，我真的是足足疼了 40 分钟后等父亲从工作单位来接我去医务室，我也是第一次知道，我这么坚强。

2007 年 6 月，我 11 岁了，上五年级，那时我已经 1.65 米，算是一个亭亭玉立的大姑娘了，我继续学舞蹈，也有幸参加各式各样的演出。

2008 年 6 月，我 12 岁了，上六年级。这一年是我最难忘的一年，不仅仅是因为我童年的最后一年，而是因为我遇见了一群我今生都不能忘记的人，他们镌刻了我最深的记忆。只是后来，也懂得，有的人就这样放在记忆里吧，相见不如怀念。

2009 年 6 月，我 13 岁了，上初一，我还是所有人看见都会夸一句的乖乖女，可我却在体制内自由着，在自由内原则着。

2010年6月，我14岁了，我的性格变得越来越多重性，他们说我是一个谜一样的姑娘。我有一大群异性好朋友，他们让我对友谊有了更深刻的理解，他们教会了我正义、坚强和勇敢。

2011年6月，我15岁了，初三。这一年中考，我家住进了新楼，我和欢欢被迫分离。有很多人问我笔名七忆欢的意义，没错，名字里的欢，就是欢欢。自它离开我之后，我的精神变得很不好，夜夜被噩梦惊醒。那个时候我就发誓，我这辈子都不会再养狗！在往后的七年里，一个人偷偷哭过好多次，我想它，无比想。

2012年6月，我16岁了，我很顺利地进入高中，买了一辆很精致的粉色电动车，可父母不放心我骑电动车，最终还是决定让我住校。我住了半年的校，舍友们都很照顾我，我们的关系也很好。但是高中重重的压力让我特别想家，即便父母一星期去看我两三次，我一个星期回家一次，还是觉得特别难过。我说什么也不想住校了，之后便一直坐校车。

2013年6月，我17岁了，高二，我拥有了一个家族——“狗屎家族”。我们有七个成员，五男两女，那是在高压的学习情况下很疯狂的日子。现在的我们也时常感叹，那是再也回不去的高二时光。

2014 年 6 月，我 18 岁了，高三，我跟一群人一起享受了那样的奋斗时光，永远睡不够的觉，永远做不完的试卷。我觉得，那一年的所有，我都不会后悔，但是我也不会期盼再回到高三，因为我没有把握我能再次忍受那样一次又一次的失败和压力，我会把它当作我最难忘的记忆。

2015 年 6 月，我 19 岁了，这一年我大一，突然发现了好多属于自己的舞台，突然认识了好多人，被好多人追求。那一年是幼稚与成熟的交锋，还不知道长大后的苦恼和不易，只是一个劲儿地快乐。

2016 年 6 月，我 20 岁了，大二，我有了新笔名，叫缦兮，取自《卿云歌》里的“卿云烂兮，糺缦缦兮”。像谐音那般，父亲希望我不要那么急功近利，希望我无论做什么都可以慢下来；另外的一层含意是，无花纹的丝织品，父亲希望我可以去除所有华丽的装饰，朴素而本真。

2017 年 6 月，我 21 岁了，大三，成为许多人眼中的励志典范，人生像开了挂一样，学习、赚钱、出书、旅行和开公司，哪一项也没落下。

而不久会到来的 2018 年 6 月，我将 22 岁，那时候我希望能被评为省级优秀毕业生，然后顺利大学毕业。有点感伤，也有点激动，我人生的下一个阶段就要来了。

图书在版编目（CIP）数据

活出人生“高级感” / 曹缦兮著 . -- 北京 ：中国致公出版社，2018

ISBN 978-7-5145-1282-3

Ⅰ . ①活… Ⅱ . ①曹… Ⅲ . ①随笔—作品集—中国—当代 Ⅳ . ① I267.1

中国版本图书馆 CIP 数据核字 (2018) 第 106473 号

活出人生“高级感”

曹缦兮　著

责任编辑：蒋晓舟
责任印制：岳　珍

出版发行：中国致公出版社 China Zhigong Press
地　　址：北京市海淀区翠微路 2 号院科贸楼
邮　　编：100036
电　　话：010-85869872（发行部）
经　　销：全国新华书店
印　　刷：三河市华润印刷有限公司
开　　本：880mm×1230mm　1/32
印　　张：8.5
字　　数：155 千字
版　　次：2018 年 7 月第 1 版　2018 年 7 月第 1 次印刷

定　　价：39.80 元